Christina Herr

Leise weht's durch alle Lande wie ein Gruß vom Sternenzelt

Christina Herr

Leise weht's durch alle Lande wie ein Gruß vom Sternenzelt

Weihnachtserinnerungen aus Kindheitstagen

neukirchener verlag

MIX
Papier aus verantwortungsvollen Quellen
FSC® C014496
www.fsc.org

Bildnachweis: Alle Fotos sind mit freundlicher Genehmigung dem Privatarchiv von Dr. Wolfgang Vreemann entnommen. Das Foto auf Seite 95 stammt aus dem Privatarchiv von Frau Helga Hesse. Wir haben uns bemüht, alle Rechteinhaber ausfindig zu machen und zutreffend zu benennen. Wir bitten um Kontaktaufnahme zur Neukirchener Verlagsgesellschaft, sollten Rechte nicht oder nicht zureichend angegeben sein.

Bibliografische Information der Deutschen Nationalbibliothek:
Die Deutsche Nationalbibliothek verzeichnet diese Publikation in der Deutschen Nationalbibliografie; detaillierte bibliografische Daten sind im Internet über http://dnb.d-nb.de abrufbar.

Umschlaggestaltung: Grafikbüro Sonnhüter,
www.sonnhueter.com, unter Verwendung eines Bildes von
© S_Photo, OksanaAriskina, Preto Perola (shutterstock.com)
Lektorat: Laura Hirschberg, Neukirchen-Vluyn
DTP: Magdalene Krumbeck, Wuppertal
Verwendete Schriften: Adobe Garamond Pro
Gesamtherstellung: GGP Media GmbH, Pößneck
Printed in Germany
ISBN 978-3-7615-6523-0

www.neukirchener-verlage.de

Inhalt

»Ein Fest naht, ein Fest wie kein anderes für alle, die guten Willens sind. Ein Fest, dessen Geist die Welt umspannt und über Berge und Täler die Botschaft verkündet: Christ ist geboren.«

JOACHIM RINGELNATZ

Vorwort

Liebe Leserin, lieber Leser,

»Wisst ihr noch vom vor'gen Jahr, wie's am Weihnachtsabend war?« So heißt es in der zweiten Strophe des bekannten Weihnachtslieds »Morgen, Kinder wird's was geben«. Der Verfasser, Karl Friedrich Splittegarb, weckt mit seinen Zeilen die Vorfreude auf die kommenden Feiertage und erinnert gleichzeitig an ein vergangenes Weihnachtsfest.

Jedes Jahr, wenn Weihnachten näher rückt, denke auch ich zurück an frühere Weihnachtsfeste, an die Advents- und Weihnachtszeiten in meiner Kindheit. Wenn es draußen kälter wird, die Tage kürzer und dunkler werden, wenn die ersten Kerzen angezündet werden, die ersten Lichterketten in den Fenstern der Häuser erstrahlen, schwelge ich in Erinnerungen und unternehme eine kleine Reise in die Vergangenheit …

Ich erinnere mich an die lustigen Schlittenfahrten mit meinen Geschwistern und den Nachbarskindern. An die selbst gebastelten Adventskalender, die meine Mutter liebevoll mit kleinen Leckereien befüllt hatte. An die Weihnachtsgeschichten vom Schnüpperle, denen wir in der Schule lauschten. An die gespannte Erwartung, als ich am Abend vor dem Nikolaustag meinen Stiefel vor die Tür stellte. Ich habe noch den Duft von frisch gebackenem Berliner Brot in der Nase; auch an den herrlichen Geschmack der Krabbentoasts, die mein Vater an Heiligabend zubereitete, erinnere ich mich nur zu gern. Ich weiß noch, wie schnell mein Herz schlug, wenn die Bescherung endlich losging, ich aufgeregt und erwartungsvoll durch die Wohnzimmertür trat und mit einer Kerze in der Hand auf meinen Gabentisch zuging. Unvergessen bleibt mir die weihnachtliche Stimmung, die alle Jahre wieder in unsere kleine Stadt, mein Elternhaus und schließlich in mein Herz einzog.

In diesem Buch geht es um solche Advents- und Weihnachtserinnerungen. Es sind zum einen Erinnerungen von Zeitzeugen, die mir ihre persönlichen Winter- und Weihnachtsgeschichten erzählt haben. Meine Gesprächspartner berichteten von kalten und verschneiten Wintern, von ausgefallenem Adventsschmuck und einem angsteinflößenden Nikolaus, von adventlichen Bräuchen in der Schule und der Familie, von unerfüllten Geschenkewünschen und Weihnachtsüberraschungen, von kleinen Missgeschicken und riesiger Weihnachtsfreude. Zum anderen kommen bekannte Persönlichkeiten und Autoren zu Wort, wie Helmut und Loki Schmidt, Astrid Lindgren, Hans Fallada und Hermann Hesse. Auch sie lassen uns an ihren Weihnachtserinnerungen teilhaben. Zwischen den Erinnerungstexten finden Sie traditionelle Weihnachtslieder und Gedichte, die Sie vielleicht noch von früher kennen und die Sie vielleicht schon als Kind gesungen oder vorgetragen haben.

Mit den weihnachtlichen Texten, Liedern und Gedichten möchte ich Sie einladen, sich in Ihre eigene Kindheit zurückzuversetzen und zurückzudenken an vergangene weihnachtliche Erlebnisse. Wissen Sie noch, wie's damals war – im Advent, am Nikolaustag und am Weihnachtsmorgen? Welche Erinnerungen haben Sie an diese besondere Zeit? Möglicherweise möchten Sie Ihre Weihnachtsgeschichten von früher ja ebenfalls teilen – mit Ihren Kindern, Enkeln oder mit lieben Freunden?

Jedenfalls wünsche ich Ihnen, dass die Texte in diesem Buch sowohl schöne Erinnerungen an damalige Weihnachtszeiten als auch die Vorfreude auf das nahende Weihnachtsfest bei Ihnen wecken. Ich wünsche Ihnen, dass Sie beim Lesen in eine weihnachtliche Stimmung versetzt werden: in diese unvergessliche Weihnachtsstimmung, die aus den längst vergangenen Weihnachtstagen Ihrer Kindheit hinüberweht in die heutige Zeit, in Ihr heutiges Leben – wie ein Gruß vom Sternenzelt – und Ihr Herz erfüllt mit unauslöschlicher Weihnachtsfreude.

Herzlich,
Christina Herr

ADELHEID HUMPERDINCK-WETTE

Weihnachten

Leise weht's durch alle Lande
wie ein Gruß vom Sternenzelt,
schlinget neue Liebesbande
um die ganze weite Welt.

Jedes Herz mit starkem Triebe
ist zu Opfern froh bereit,
denn es naht das Fest der Liebe,
denn es naht die Weihnachtszeit.

Und schon hat mit tausend Sternen
sich des Himmels Glanz entfacht,
leise tönt aus Himmelsfernen
Weihgesang der heil'gen Nacht.

Hell aus jedem Fenster strahlet
wundersam des Christbaums Licht,
und der Freude Schimmer malet
sich auf jedem Angesicht.

Lichte Himmelsboten schweben
ungeseh'n von Haus zu Haus;
selig Nehmen, selig Geben
geht von ihrer Mitte aus.

O willkommen, Weihnachtsabend,
allen Menschen, Groß und Klein!
Friedebringend, froh und labend
mögst du allen Herzen sein!

»Als die Winter noch weiß waren«

Erinnerungen an die Winterzeit

MATTHIAS CLAUDIUS

Ein Lied hinterm Ofen zu singen

Der Winter ist ein rechter Mann,
kernfest und auf die Dauer;
sein Fleisch fühlt sich wie Eisen an,
und scheut nicht Süß noch Sauer.

War je ein Mann gesund, ist er's;
er krankt und kränkelt nimmer,
weiß nichts von Nachtschweiß noch Vapeurs,
und schläft im kalten Zimmer.

Er zieht sein Hemd im Freien an,
und lässt's vorher nicht wärmen;
und spottet über Fluss im Zahn
und Kolik in Gedärmen.

Aus Blumen und aus Vogelsang
weiß er sich nichts zu machen,
hasst warmen Drang und warmen Klang
und alle warmen Sachen.

Doch wenn die Füchse bellen sehr,
wenn's Holz im Ofen knittert,
und um den Ofen Knecht und Herr
die Hände reibt und zittert;

Wenn Stein und Bein vor Frost zerbricht
und Teich' und Seen krachen;
das klingt ihm gut, das hasst er nicht,
denn will er sich totlachen. –

Sein Schloss von Eis liegt ganz hinaus
beim Nordpol an dem Strande;
doch hat er auch ein Sommerhaus
im lieben Schweizerlande.

Da ist er denn bald dort bald hier,
gut Regiment zu führen.
Und wenn er durchzieht, stehen wir
und sehn ihn an und frieren.

Zeitzeugen erinnern sich

Kalt und streng

Die Winter waren damals härter und kälter. Lange und strenge Winter waren das, die oft schon im Oktober oder November anfingen und erst im März oder April endeten. Generell waren die Winter sehr schneereich, besonders in Thüringen, wo ich aufgewachsen bin. Dort haben wir Kinder viel draußen auf der Straße gespielt, im Schnee.

Richtig warme Kleidung gab es in meiner Kindheit nicht. Nur Wollsachen. Damals wurde eben vieles selbst gestrickt: Socken, Handschuhe, Pullover, vielleicht auch mal Unterwäsche – alles aus Wolle. Wir Mädchen mussten Röcke tragen. Darunter hatten wir lange Strümpfe und ein Leibchen an. Die Strümpfe wurden mit einem Strumpfhalter am Leibchen befestigt, damit sie nicht runterrutschten. Ein Stück vom Bein war also frei, praktisch nackt. Das war ganz schön kalt! Für den Winter hatten wir Trainingshosen, die wir anziehen durften, wenn wir draußen im Schnee spielten.

Früher gab es ja außerdem keine Heizungen. Die heutigen Zentralheizungen kannten wir nicht. In den Wohnhäusern standen Öfen, die mit Holzkohle angeheizt wurden. Manchmal war das Heizmaterial knapp. Und manchmal gingen die Öfen dann aus. Wenn wir mal für ein paar Tage verreist waren und der Ofen in der Zeit nicht befeuert wurde, war die Stube bei unserer Rückkehr eiskalt. Dann mussten wir den Ofen schnell neu anheizen und mindestens zwei Stunden warten, bis es ein bisschen wärmer wurde. Auch morgens in der Früh, wenn ich um sechs Uhr aufstand, war es bitterlich kalt. Oh, war das kalt! Im Bad fror ich beim Waschen ganz fürchterlich. Ja, das waren die kalten Winter – die habe ich nicht als Vergnügen empfunden.

Ein Winter war besonders streng, daran erinnere ich mich gut. Es muss das Jahr 1941 oder 42 gewesen sein, also mitten im Krieg; da erfroren in Russland sehr viele deutsche Soldaten oder erlitten Erfrierungsverletzungen. Wir wohnten in diesem Jahr gerade in Mannheim, und ich weiß noch, dass sogar der Rhein fast vollständig zugefroren war. Die Oberfläche des Rheins bestand aus Eisschollen und ein paar Mutige liefen über diese Eisschollen von Mannheim auf die andere Seite nach Ludwigshafen hinüber. Das war natürlich strengstens verboten und hochgefährlich, doch diese Leute machten sich einen Sport daraus. Aber ich gehörte nicht dazu! Das war mir viel zu riskant.

Frau H. aus Wuppertal, geboren in Dresden, Jahrgang 1932

Winter in Wuppertal

Im Winter konnte man bei uns grundsätzlich Schlitten fahren. Hier in Wuppertal gibt es schöne Höhen zu beiden Seiten. In Wichlinghausen, dem Stadtteil, in dem meine Familie und ich mehrere Jahre gewohnt haben, nutzten wir oft die abschüssigen Straßen zum Rodeln.

Sobald wir Kinder mit den Schulaufgaben fertig waren, holten wir die Schlitten raus und machten uns auf den Weg zur Rodelbahn. Bei starkem Schneefall bekamen wir sogar schulaufgabenfrei – damit wir nur ja Schlitten fahren konnten! Und es war tatsächlich so, dass an solchen Nachmittagen alle Kinder draußen waren. Ich freute mich immer riesig, wenn mein großer Bruder mitkam, dann durfte ich nämlich länger draußen bleiben. Was war ich glücklich, dass ich nicht schon zum Eintritt

der Dunkelheit nach Hause gehen musste, sondern zusammen mit meinem Bruder das Rodeln so richtig ausnutzen konnte!

Beim Schlittenfahren hatte ich immer eine Art Trainingshose an, mit einem Steg unten. Ansonsten mussten wir Mädchen Röcke tragen, bei Wind und Wetter. Wenn wir unbedingt eine Hose anziehen wollten, durfte der Rock trotzdem nicht fehlen – wir mussten ihn über der Hose tragen. Insgesamt war man damals nicht allzu warm angezogen. Wenn ich mir überlege, was man heute alles anziehen kann, sobald es draußen kälter wird … Das gab es damals überhaupt nicht! Auch die Skihosen kamen erst später auf. Außerdem war es nicht üblich, dass man warme Kleidung einfach kaufen konnte. Erstens fehlte die passende Auswahl in den Geschäften und zweitens war das Geld oft knapp. Den Großteil der Kleidungsstücke und Mäntel, die ich besaß, hatte die Schneiderin aus alten Sachen genäht, aus getragener Kleidung, die geändert und somit wiederverwendet wurde.

Ab und zu bekamen mein Bruder und ich etwas zum Anziehen gekauft und das sollte dann etwas richtig Gutes sein, Qualitätsware, die lange halten würde. Mein Vater war als Textilfachmann Spezialist in solchen Dingen und begleitete uns bei unseren seltenen Einkäufen. Damals waren die Angaben zum Material noch nicht in der Kleidung auf

Etiketten verzeichnet. Man wusste also nicht, um welche Textilien es sich handelte und ob man es beispielsweise mit reiner Wolle zu tun hatte. Aber mein Vater hatte als Spezialist einen Trick auf Lager: Er zupfte ein kleines Fädchen aus dem betreffenden Kleidungsstück, brannte es ab und roch daran. Anhand des Geruchs konnte er das Material genau erkennen und feststellen, ob es tatsächlich Wolle war.

Eine kleine Geschichte fällt mir noch zur Kälte ein: Während eines Winters in der Nachkriegszeit hatte ich ständig furchtbar kalte Füße. Man sagte dazu »Frost in den Füßen«. Mein Vater beguckte sich meine Füße – er kannte solch einen Zustand vom Krieg her – und sagte: »So, Kind, pass auf. Du ziehst jetzt deine Socken aus und gehst barfuß in den Schnee.« Er begleitete mich in den Hof hinter unserem kleinen Häuschen und trug mir auf, eine Runde durch den Schnee zu laufen. Barfuß! Ich war von dieser Anweisung überhaupt nicht begeistert und sträubte mich zuerst. »Das ist das Einzige, was hilft«, meinte der Vater. Also fügte ich mich und machte einen kleinen Schneespaziergang über unseren Hinterhof, ohne Schuhe und ohne Socken, dafür aber mit bibbernden Knien. Anschließend nahm mein Vater noch ein bisschen Schnee mit nach oben in die Wohnung und rieb meine Füße damit ein. Und wirklich: Diese Prozedur hat meinen Füßen letztendlich gut getan.

Ich war heilfroh, als es meinen Füßen wieder besser ging, denn ich hatte täglich einen weiten Schulweg zurückzulegen – zu Fuß. In Wuppertal fuhren zwar einige Straßenbahnen, Busse und natürlich die Schwebebahn, aber im Winter brach der öffentliche Nahverkehr regelmäßig zusammen. Also blieb mir nichts anderes übrig, als zu Fuß zur Schule zu gehen. Und ich musste mich früh genug auf den Weg machen, damit ich trotzdem pünktlich war. Die Ausrede »Die Verkehrsbedingungen waren heute miserabel!« galt nicht – man hatte pünktlich zum Unterricht zu erscheinen!

Ich war einerseits erleichtert, wenn der Winter endlich vorbei war und der Frühling anbrach, andererseits habe ich auch viele gute Erinnerungen an die Winterzeit in meiner Kindheit, das kann ich nicht anders sagen. Die Adventszeit mit der Backerei und der Gemütlichkeit – das war wunderschön! Und Weihnachten – darauf habe ich mich immer besonders gefreut. Doch, die meisten Wintertage waren schön. Und an den Samstagabenden im Winter gab es bei uns immer eine Tasse heißen Kakao. Wir setzten uns gemütlich ins Wohnzimmer, tranken unseren Kakao und feierten so den Start ins Wochenende. Daran erinnere ich mich gerne.

Vor dem Kakaotrinken mussten wir allerdings ein Bad nehmen, samstags war ja Badetag. Das war jedes Mal eine langwierige Prozedur. Man konnte nicht einfach den Wasserhahn aufdrehen, um die Badewanne mit warmem Wasser zu befüllen. Das Wasser musste auf dem Ofen erhitzt werden, Topf für Topf. Außerdem bekam auch nicht jeder frisches Badewasser. Es hätte viel zu lange gedauert, für jedes Familienmitglied eine ganze Wannenladung Wasser zu erwärmen. Man badete ganz einfach im Waschwasser seines Vorgängers.

Ich weiß noch, dass ich mich einmal köstlich amüsiert habe. Während eines Badeabends hatte meine Mutter mehrere Töpfe Wasser auf den Herd gesetzt, damit der erste von uns baden konnte. Alles sollte möglichst flott gehen und Mutter war richtig in ihrem Element. Sie hantierte eifrig mit den Töpfen, schüttete hier Wasser in ein Gefäß und füllte dort Kohlen nach, damit der Ofen nur ja kräftig bollerte. Dabei war sie irgendwann so in Eile – im Brass, wie wir hier sagen –, dass sie eine Schippe Kohle nahm und diese statt in den Ofen in einen der Wassertöpfe kippte. Mit diesem erwärmten Kohle-Wasser wollte sich nun natürlich keiner von uns waschen … Aber wir lachten lauthals – und ich habe diesen Badetag so schnell nicht vergessen. Es gibt solche Erlebnisse, solche lustigen Details, die bleiben einem immer in Erinnerung.

Frau F. aus Wuppertal, Jahrgang 1938

Spaß im Winter

Ich habe den Winter als Kind unheimlich gerne gehabt.

Die meisten Wintertage waren herrlich kalt, die Landschaft tief verschneit. Überall türmten sich hohe Schneeberge auf. Leider auch auf dem Speicher unseres Wohnhauses. Dort hatten sich nämlich die Schneeflocken einen Weg durch die Ritzen und Spalten der Dachpfannen gebahnt und auf dem Boden kleine Schneewehen verursacht. Diese waren zwar nicht so groß wie die Schneeberge draußen, trotzdem mussten wir sie immer schleunigst wegmachen, damit der Schnee nicht taute und nach unten tropfte. Eine lästige Arbeit!

Aber abgesehen davon hatte ich sehr viel Spaß im Winter und genoss die winterlichen Monate in vollen Zügen. Man konnte bei uns in der Umgebung wunderbar Schlitten fahren, sowohl außerhalb der Stadt auf den Wiesen als auch auf den Straßen unserer Siedlung. Da Pkws Anfang der fünfziger Jahre viel seltener waren, wurde man beim Rodeln auch nicht von vorbeifahrenden Autos gestört.

Obwohl meine Familie und ich in relativ bescheidenen Verhältnissen lebten und meine Eltern mit ihrem Geld haushalten mussten, besaß ich einen eigenen Holzschlitten, mit dem ich regelmäßig die Rodelbahnen unsicher machte. Gerne hätte ich auch ein Paar Ski gehabt, doch die habe ich nicht gekriegt. Allerdings hatte ich ohnehin so eine riesige Freude am Schlittenfahren, dass mir die Ski kaum fehlten.

Ansonsten verbrachte ich als Junge die Wintertage mit Aktivitäten, die damals üblich waren: Neben den Schlittenfahrten veranstaltete ich mit Freunden Schneeballschlachten, spielte im Schnee und baute kleine Iglus. Und Schneemänner durften auf unserer Wiese natürlich auch nicht fehlen! Oft hielt ich mich stundenlang draußen auf und war völlig vertieft in mein winterliches Spiel. Ich erinnere mich, dass wir einmal von der Schule aus schneefrei bekamen und obendrein keine Hausaufgaben zu erledigen hatten. Also ging ich schon am Vormittag raus in den Schnee und blieb praktisch bis abends, bis es dunkel wurde, draußen. Dabei wurden meine Hände, Ohren und meine Nase dermaßen kalt, dass ich geweint habe vor Schmerzen, als alles wieder auftaute. Das tat furchtbar weh! Welch ein Glück, dass meine Nase bei dieser Aktion nicht erfroren ist …

Etwas anders sah die Lage in unserem Haus aus: Dort froren in den kalten Wintern hin und wieder die Leitungen ein. Glücklicherweise hatten wir im Keller, in der Waschküche, einen alten Herd stehen, der mit Holz befeuert wurde. Einen dieser alten Küchenherde mit geschwungenen Beinen, einem Wasserschiff und Ringen auf der Kochfläche, auf die unterschiedliche Topfgrößen passten. Wenn es eisig kalt wurde, wenn es also deutlich unter null Grad ging, bekam ich von meiner Mutter eine besondere Aufgabe: Ich sollte – nein, ich *durfte* – diesen Herd befeuern, mit Pappdeckeln, Papier und allem, was an Abfällen dort hineinpasste. Die Waschküche wurde dann ordentlich warm, der gesamte Keller heizte sich auf und – das war das Wichtigste – die Leitungen konnten nicht einfrieren. Und ich? Ich machte mir ein Hobby daraus! Die meisten Kinder spielen ja gerne mit Feuer. Und den meisten Kindern ist dies ja streng verboten. Doch ich hatte nicht nur die offizielle Erlaubnis dazu, sondern sogar den Auftrag, mich mit dem Feuer zu beschäftigen und Brennmaterial nachzulegen. Das nutzte ich natürlich so richtig aus.

Herr V. aus Marienheide, geboren in Wuppertal, Jahrgang 1945

Schlitten fahren!

Ich meine mich zu erinnern, dass wir früher mehr Schnee hatten als heutzutage und auch öfter draußen waren. In meinem Heimatort Wuppertal-Vohwinkel gab es eine Wiese, die auf der einen Seite ein bisschen steiler war und die sich hervorragend zum Rodeln eignete. Auf der anderen Seite war sie nicht ganz so abschüssig und dort konnte man gut Ski fahren. Wir hatten in der Familie mehrere Paar Ski in verschiedenen Größen – inklusive Skischuhen – und so konnten meine sieben Geschwister und ich immer gerade die Ski benutzen, die uns passten. Damit haben wir dann unsere ersten Versuche auf zwei Brettern gestartet. Ich bin zwar in den Wintern ein bisschen Ski gefahren, aber richtig gelernt habe ich es nie. Und die steileren Hänge traute ich mich sowieso nicht runter … Lieber bin ich mit unseren Schlitten gerodelt. Ich glaube, wir besaßen sogar schon einen dieser modernen Bobschlitten – aus Holz, aber immerhin mit einem Lenker versehen, mit dem man die vorderen Kufen steuern konnte.

Ich kann mich nicht mehr genau entsinnen, ob wirklich in jedem Winter viel Schnee lag, aber ich glaube, insgesamt konnten wir jedes Jahr Schlitten fahren. An eine Situation erinnere ich mich noch ganz besonders in diesem Zusammenhang. Ich war schon etwas älter – vielleicht elf oder zwölf Jahre – und verbrachte den Nachmittag mal wieder mit Rodeln. Meine Brüder und ich hatten eine ausgezeichnete Rodelstrecke entdeckt: die Ehrenhainstraße in Vohwinkel, eine wenig befahrene Straße, auf der wir mehrere hundert Meter den Hügel herunterbrausen konnten. Eigentlich hatte meine Mutter mir aufgetragen, an diesem Tag früher nach Hause zu kommen – warum, weiß ich nicht mehr. Aber weil ich so einen riesigen Spaß beim Schlittenfahren hatte, achtete ich nicht auf die Zeit und machte mich viel zu spät auf den Heimweg.

Ich schlich also mit schlechtem Gewissen nach Hause und traute mich nicht, meiner Mutter unter die Augen zu treten. Stattdessen verzog ich mich sofort auf unsere Toilette, die sich im Treppenhaus auf halber Treppe befand. Dort harrte ich eine ganze Weile – eine sehr lange Weile! – aus und hoffte, dass niemand mein Zuspätkommen bemerken würde. Natürlich hat meine Mutter es dann doch gemerkt. Und natürlich hat sie mich für mein Zuspätkommen geschimpft.

Ich sehe mich heute noch auf dieser Toilette sitzen – mit schlechtem Gewissen, voller Angst vor der Reaktion meiner Mutter und bibbernd vor Kälte. Weil sich die Toilette auf halber Treppe in einem kleinen Anbau befand, war es dort bitterkalt. Eine

Heizung gab es in dem Räumchen nicht, nur einen winzigen Heizkörper mit Elektroheizstäben, der bewirken sollte, dass das Wasser in der Toilettenschüssel nicht einfror. Eigentlich konnte man sich gar nicht so lange in dem Raum aufhalten, wegen der Kälte und wegen der vielen Mitbewohner, die diese Toilette ebenfalls benutzen wollten – oder dringend benutzen mussten …

Frau V. aus Marienheide, geboren in Wuppertal, Jahrgang 1951

HEDWIG HABERKERN

Schneeflöckchen, Weißröckchen

Schneeflöckchen, Weißröckchen,
wann kommst du geschneit?
Du wohnst in den Wolken,
dein Weg ist so weit.

Komm setz dich ans Fenster,
du lieblicher Stern,
malst Blumen und Blätter,
wir haben dich gern.

Schneeflöckchen, du deckst uns
die Blümelein zu,
dann schlafen sie sicher
in himmlischer Ruh'.

Schneeflöckchen, Weißröckchen,
komm zu uns ins Tal.
Dann bau'n wir den Schneemann
und werfen den Ball.

EDUARD EBEL

Leise rieselt der Schnee

Leise rieselt der Schnee,
still und starr ruht der See,
weihnachtlich glänzet der Wald:
Freue dich, Christkind kommt bald!

In den Herzen ist's warm,
still schweigt Kummer und Harm,
Sorge des Lebens verhallt:
Freue dich, Christkind kommt bald!

Bald ist heilige Nacht,
Chor der Engel erwacht,
hört nur, wie lieblich es schallt:
Freue dich, Christkind kommt bald!

»Der Weihnacht entgegen«

Erinnerungen an die Adventszeit

MATTHIAS CLAUDIUS

Immer ein Lichtlein mehr

Immer ein Lichtlein mehr
im Kranz, den wir gewunden,
dass er leuchte uns so sehr
durch die dunklen Stunden.

Zwei und drei und dann vier!
Rund um den Kranz welch ein Schimmer,
und so leuchten auch wir,
und so leuchtet das Zimmer.

Und so leuchtet die Welt
langsam der Weihnacht entgegen.
Und der in Händen sie hält,
weiß um den Segen!

AMEI-ANGELIKA MÜLLER

Adventliche Gesänge

Am ersten Advent gingen wir »Adventssingen«. Ich kannte diese Sitte nicht, aber die Mädchen erklärten mir, was zu tun sei. Eine Liste wurde aufgestellt von allen über fünfundsiebzigjährigen Leuten im Dorf, den Filialen und auswärtigen Höfen. Wir schnitten Tannenzweige zurecht, steckten Lichter daran und übten Adventslieder.

Als es am ersten Advent zu dunkeln begann, zogen wir los. Wir schlichen in die Häuser der alten Leute, zwängten uns in enge Dielen oder auf steile Stiegen. Wenn die Häuser verschlossen waren, suchten wir eine windstille Stelle im Hof, zündeten die Kerzen an und sangen. Manchmal erwartete man uns schon, dann stand auch ein Gutslesteller für uns bereit. Manchmal wurde ich hinterher in die stickige Kammer einer Kranken geschubst, um ihr etwas Freundliches zu sagen. Manchmal mussten wir gegen das wütende Gekläff des Hofhundes anbrüllen. Unser Gesang wurde von Mal zu Mal kläglicher, unsere Füße lahmer und unsere Hände verkrampfter.

Schlimm erging es uns auf einem abgelegenen Hof. Die alte Großmutter war allein zu Hause. Sie lag im Bett, und da sie fast taub war, hörte sie nicht, wie wir die Treppe hinauftappten. Sie sah aber, dass die Tür einen Spalt aufging und Licht in das Zimmer fiel. Da erschrak sie zu Tode, dachte, es wären Einbrecher am Werk, sprang beherzt aus dem Bett und ergriff ihren Stock, der am Bett lehnte. Wir sangen gerade: »Macht hoch die Tür, die Tor macht weit …«, da riss sie die Tür auf und erschien vor uns im Hemd, die weißen Haare zerzaust, die knochigen Füße barfuß, den Stock hocherhoben. Ich stand oben auf der Treppe, die Kerze andächtig in der Hand. Unversehens bekam ich einen Stoß gegen die Brust, taumelte rückwärts und fiel auf Marianne, die eine Stufe unter mir stand. So sank der Mädchenkreis, angstvoll kreischend, rückwärts die Treppe hinunter. Oben stand die Alte mit ihrem Stock. Wir rappelten uns auf, sammelten unsere Siebensachen zusammen und hasteten aus dem Haus. Im Hof wollte ich einen Augenblick verschnaufen, aber die Mädchen drückten mich vorwärts.

»Los, los, Frau Pfarrer!«, schrien sie. »Glei hetzt se den Hund auf uns, der isch fei scharf!« Richtig, da hing die alte Furie schon zum Fenster hinaus und feuerte den Hund an, uns zu fassen. Wir entkamen mit knapper Not.

»Ja, habt ihr denn das nicht gewusst?«, fragte ich die Mädchen. »Ihr seid doch sicher im vorigen Jahr auch hier gewesen.«

Sie lachten verlegen. »Mir hent's uns scho denkt«, sagten sie, »aber wenn mer net kommet, isch se eigschnappt.«

FRIEDRICH WILHELM KRITZINGER

Süßer die Glocken nie klingen

Süßer die Glocken nie klingen
als zu der Weihnachtszeit,
's ist, als ob Engelein singen
wieder von Frieden und Freud'.
|: Wie sie gesungen in seliger Nacht, :|
Glocken mit heiligem Klang,
klinget die Erde entlang!

O, wenn die Glocken erklingen,
schnell sie das Christkindlein hört:
Tut sich vom Himmel dann schwingen
eilig hernieder zur Erd'.
|: Segnet den Vater, die Mutter, das Kind, :|
Glocken mit heiligem Klang,
klinget die Erde entlang!

Klinget mit lieblichem Schalle
über die Meere noch weit,
dass sich erfreuen doch alle
seliger Weihnachtszeit.
|: Alle aufjauchzen mit herrlichem Sang! :|
Glocken mit heiligem Klang,
klinget die Erde entlang!

Zeitzeugen erinnern sich

Die köstlichsten Plätzchen und der schönste Gesang

Finger weg! Ich zähle die Plätzchen gleich!«, schimpfte Mutter, wenn mein großer Bruder Paul-Gerd und ich wieder mal nach den Weihnachtsplätzchen griffen, die in der Küche zum Abkühlen ausgelegt worden waren. Während meine Mutter mit der Adventsbäckerei beschäftigt war, saßen Paul-Gerd und ich am Küchentisch und machten Schularbeiten. Neben unseren Schulheften war das köstlichste Gebäck ausgebreitet und duftete verlockend. Kein Wunder also, dass wir uns hin und wieder ganz heimlich einen Keks wegnahmen und aßen.

Glücklicherweise waren dies nicht die einzigen Situationen, in denen meine Mutter backte. Sie liebte die Backerei und fabrizierte jedes Jahr in der Vorweihnachtszeit unzählige Ladungen von Plätzchen. Neben unserer Familie versorgte sie noch die Großeltern, andere Verwandte und etliche Freunde mit Weihnachtsgebäck. Und manchmal half ich ihr dabei. Ich war mit Begeisterung bei der Sache, wenn ich die Plätzchen ausstechen und später mit

Schokolade oder Zuckerguss bestreichen durfte. Eigentlich waren die Plätzchen für die Feiertage vorgesehen und Mutter achtete darauf, dass mein Bruder und ich uns nicht heimlich daran bedienten. An jedem Samstagabend aber wurde eine Ausnahme gemacht, denn samstagsabends begann für uns das Wochenende. Und das wurde ein bisschen gefeiert, besonders in der Adventszeit. Meine Mutter stellte ein Schälchen mit Weihnachtsgebäck auf den Tisch, von dem wir genüsslich naschen durften, und schenkte uns eine Tasse mit heißem Kakao ein.

Am nächsten Morgen gingen wir dann zur Kirche und besuchten den Adventsgottesdienst. Auch das war in unserer Familie eine adventliche Tradition. Außerdem gab es am Sonntagnachmittag immer einen Kuchen. Der gehörte – neben Tannengrün, Weihnachtsschmuck und einem schön gedeckten Tisch – für uns zur Adventszeit dazu.

Der erste Advent wurde in dem Wuppertaler Stadtteil, in dem wir damals wohnten, auf eine besondere Art gefeiert. Morgens früh, ganz früh, wurde dort nämlich in den Straßen gesungen. Gemeinsam mit einer großen Gruppe von Kindern und jungen Leuten machte ich mich am ersten Adventssonntag um sieben Uhr auf den Weg durch die Straßen von Wichlinghausen. Und dann sangen wir! Egal, wie das Wetter war – am ersten Advent trafen wir uns zum Singen. Vor einigen Häusern blieben wir stehen und gaben unsere Weihnachtslieder zum Besten. Dann gingen Lichter an, Fenster wurden geöffnet und die Menschen lauschten. Manche warfen etwas Süßes aus dem Fenster oder überreichten uns eine Tafel Schokolade. Nach dem Singen, gegen neun Uhr, gingen wir ins Gemeindehaus, wo wir etwas Warmes zu trinken bekamen, bevor der Gottesdienst anfing.

Dieses Adventssingen habe ich immer als sehr, sehr schön empfunden. Mittlerweile gibt es diese Tradition in Wuppertal leider nicht mehr. Allerdings weiß ich auch nicht, ob sich heutzutage noch so viele junge Leute zu solch einer frühen Zeit am Sonntagmorgen aufrappeln würden, um draußen in der Kälte Weihnachtslieder zu singen …

Was das Singen betrifft, fallen mir noch zwei weitere Begebenheiten ein, die ich erzählen möchte. Zuvor sei gesagt, dass ich zwar unheimlich gerne singe, aber überhaupt kein Talent dazu habe. Wenn ich in einer Gruppe singe, stelle ich mich immer dorthin, wo am lautesten gesungen wird. So bemerkt keiner, dass ich die Töne nicht treffe und meine Stimme nicht halten kann. Obwohl man mir als Kind schon sagte: »Du singst wie ein Eimer!«, liebte ich das Singen.

Ich erinnere mich an ein Wochenende im Advent, an dem mein Vater mit mir Weihnachtslieder sang. Vater und ich saßen ausnahmsweise im Wohnzimmer – früher wurde dieser Raum ja nur am Wochenende geheizt. Und wir saßen ausnahmsweise auf der Teppichrolle – der Wohnzimmerteppich wurde freitags eingerollt, damit man den Fußboden putzen konnte und es war uns streng verboten, diese Teppichrolle als Sitzunterlage zu benutzen. Trotzdem hatten mein Vater und ich es uns auf dem Teppich gemütlich gemacht und als Vater seinen Weihnachtsgesang anstimmte, fiel ich lauthals mit ein. Im Gegensatz zu mir war Vater ein hervorragender Sänger. Und er war ein ganz, ganz lieber Mensch. Doch mit einem Mal sprang er auf, blickte mich kopfschüttelnd an und rief: »Nee, Kind, komm lass es! Du bringst den besten Sänger aus dem Konzept!« Also hielt ich vorerst meinen Mund und wir beendeten unser spontanes Weihnachtssingen.

Nichtsdestotrotz ließ ich die Singerei natürlich nicht völlig sein. Schließlich war ich Teil des Schulchores und kurz vor Weihnachten – am letzten Schultag vor den Ferien – gab es in unserer Mittelschule eine Weihnachtsfeier, bei der unser Chor das Quempas-Singen in der Kirche aufführte. Das Quempas-Singen ist auch heute noch bekannt. Es handelt sich dabei um eine festgelegte Serie von Liedern, die von einer Gruppe Sängern im Wechsel vorgetragen werden. Das Besondere daran ist, dass die Sänger am Anfang in allen vier Ecken der Kirche stehen und sich dann singenderweise in die Mitte des Raumes begeben. Dabei halten sie Kerzen in den Händen und singen abwechselnd eine Liedstrophe.

Unser Chor hatte für die Aufführung tüchtig geprobt, jede von uns hatte ihren Text fleißig gelernt. Am Morgen der Weihnachtsfeier wollte ich mich nun extra schick machen. Ich besaß einen neuen hellgrauen Trägerrock, dazu einen hübschen Pullover in kräftigem Blau. Beides war ganz neu und beides sollte ich eigentlich nur zu ganz ausgewählten Anlässen tragen.

»Bitte, kann ich die Sachen heute anziehen? Bitte!«, quengelte ich.

»Nein, kannst du nicht«, sagte meine Mutter.

Doch kurz bevor ich losgehen musste, gab sie nach. »Na gut, Kind«, seufzte sie, »aber komm, wenn die Feier vorbei ist, sofort nach Hause. Dann ziehst du die guten Kleider wieder aus und ich hänge sie weg.« Also schlüpfte ich dankbar in meine neue Garderobe und machte mich glücklich und stolz in meinem hellgrauen Trägerrock auf den Schulweg.

Vor Beginn der Weihnachtsfeier bekamen wir Chormädchen alle eine weiße Kerze in die Hand gedrückt. Am unteren Ende der Kerze befestigten wir ein Papptellerchen, das das tropfende Kerzenwachs auffangen sollte. Jemand zündete unsere Kerzen an und wir begannen mit dem Quempas-Singen. Obwohl wir anfangs sehr aufgeregt waren, wurde die Aufführung ein voller Erfolg und lief fantastisch. Alle waren begeistert. Auch ich war unheimlich froh, dass nichts schief gelaufen war und dass nun endlich die Weihnachtsferien anfangen würden.

»Nichts wie nach Hause!«, dachte ich, pustete rasch meine Kerze aus und ließ sie sinken. Im gleichen Augenblick lief das flüssige Wachs runter und tropfte – oh Schreck! – auf meinen hellgrauen Trägerrock. Der schöne neue Rock! Nun hatte ich ihn verdorben! Was würde Mutter wohl dazu sagen?

Zitternd und bibbernd schlich ich nach Hause. Mit einem wachsverschmutzten Rock und einem furchtbar schlechten Gewissen. Und tatsächlich: Meine Mutter war zwar eine liebe und geduldige Frau, aber sie regte sich schrecklich auf, als sie das Dilemma sah. Stundenlang war sie dann damit beschäftigt, die Wachsflecken mit Löschpapier aus dem Rock zu bügeln. Ich weiß noch genau, wie leid mir das tat.

Frau F. aus Wuppertal, Jahrgang 1938

Eine besondere Zeit

Ich kann mich erinnern, dass wir in der Adventszeit zu Hause immer einen Adventskranz hatten. Auch in der Schule gab es einen Kranz, bei uns im Klassenzimmer. Jede Woche zündete der Lehrer eine Kerze mehr an und wir Kinder sangen dazu – »Süßer die Glocken nie klingen«, »Stille Nacht, heilige Nacht«, »Kling, Glöckchen, klingelingeling«, »O du fröhliche« und »Kommet, ihr Hirten«. Ein Morgengebet war ebenfalls üblich in der Schule, nicht nur zur Weihnachtszeit. Wir beteten: »Wie fröhlich bin ich aufgewacht, wie hab ich geschlafen so gut die Nacht.« Heute muss ich ein bisschen lachen über diesen Text, denn so fröhlich wacht man als Schüler eigentlich nicht auf …

Dass wir mal ein Weihnachtsanspiel gemacht haben – da muss ich schon im 6. Schuljahr gewesen sein –, weiß ich noch genau. Und ich durfte die Maria sein! Was war ich stolz! Die Rolle und den Text bekam ich zugeteilt und musste meine Zeilen zu Hause auswendig lernen. Das Krippenspiel haben wir anschließend vor den Eltern, einigen Lehrern und Schülern aufgeführt. Die Maria zu spielen war damals wirklich eine Auszeichnung für ein Mädchen. Lustig war allerdings, dass »mein« Josef sehr klein war. Er war einen ganzen Kopf kleiner als ich und wir gaben ein ziemlich witziges Weihnachtspaar ab.

Nikolaus wurde in unserer Familie früher auch gefeiert. Am 6. Dezember kam der Nikolaus zu uns nach Hause, meistens »persönlich«. Einer meiner großen Brüder – ich habe vier ältere Brüder – hatte sich dann als Nikolaus verkleidet und polterte mit Sack und Rute ins Wohnzimmer. Oft machte er uns jüngeren Geschwistern absichtlich Angst, schwang seine Rute und sagte mit drohender Stimme: »Wenn ihr nicht lieb seid, kommt ihr in den Sack!« Und wir Kleinen fürchteten uns tatsächlich ganz fürchterlich vor diesem Sack. Wenigstens kriegten wir jedes Mal etwas geschenkt – Süßigkeiten, Obst und Nüsse.

Die Adventszeit war bei uns immer mit dem Backen von unzähligen Plätzchen verbunden. Da wir eine zehnköpfige Großfamilie waren, musste selbstverständlich eine reichliche Menge an Weihnachtsgebäck produziert werden. Traditionell wurde in unserer Familie Berliner Brot gebacken, Jahr für Jahr; und diese Plätzchen mache ich auch heute noch für meine Kinder und Enkelkinder. Ein Weihnachten ohne Berliner Brot kann man sich bei uns gar nicht vorstellen!

Damals haben meine Mutter und unsere Haushalthilfen meist die Weihnachtsbäckerei übernommen. Manchmal half ich ihnen dabei, meine Brüder waren dagegen nur höchst selten in der Küche anzutreffen. Außer dem beliebten Berliner Brot gab es noch Marmeladengebäck – Doppelkekse, die mit Marmelade gefüllt waren –, Kokosmakronen und natürlich Spritzgebäck, für das wir unseren Fleischwolf benutzten. Die fertigen Plätzchen legten wir, nachdem sie abgekühlt und teilweise mit Kuvertüre bestrichen worden waren, vorsichtig in riesengroße silberne Metalldosen. Dabei wurde jede Lage fein säuberlich mit einem Stück Pergamentpapier abgedeckt. Die befüllten Keksdosen standen danach unter strenger Aufsicht. Wir durften uns nicht einfach daran bedienen zwischendurch! Meine Mutter teilte das Weihnachtsgebäck penibel ein, sodass an den Weihnachtsfeiertagen noch reichlich Plätzchen für jeden vorhanden waren.

Ich denke gerne an die Advents- und Weihnachtszeit meiner Kindheit zurück. Heutzutage bin ich manchmal enttäuscht, dass der Advent schon im September anfängt. In den Geschäften beginnt er jedenfalls schon so früh, denn dort liegen die Weihnachtssachen ja immer ab September aus. Das nimmt der ganzen Vorweihnachtszeit ein bisschen den Reiz. Früher war diese Zeit, waren diese Wochen vor dem Weihnachtsfest wirklich noch etwas Besonderes.

Frau V. aus Marienheide, geboren in Wuppertal, Jahrgang 1951

Aachener Printen und Dresdner Christstollen

In meiner Kindheit wurde in der Vorweihnachtszeit sehr viel gebacken. Meine Mutter hatte ein Kochbuch mit vielen schönen Rezepten. Es waren Rezepte, die sie im Laufe der Zeit gesammelt und mit der Hand selbst eingetragen hatte. Verschiedene Apfelkuchen, Weihnachtsplätzchen wie zum Beispiel Aachener Printen und der berühmte Dresdner Christstollen – diese und weitere Rezepte befanden sich handschriftlich in dem Buch. Leider besitze ich es nicht mehr und darüber bin ich heute noch traurig. All die schönen Rezepte! Zum Glück habe ich einige davon noch im Kopf.

Ich erinnere mich, dass wir jedes Jahr Aachener Printen gebacken haben. In den Teig gehörten etliche Gewürze und daher musste er einen Tag vorher gemacht werden, damit er richtig durchziehen konnte. Erst dann wurde er ausgerollt und die Printen wurden als Herzchen ausgestochen oder in der Form einer Raute geschnitten. Ja, gebacken wurde in unserer Familie immer.

Da wir aus Dresden stammten, gab es alljährlich auch den Dresdner Christstollen. Und auch den machten wir natürlich selbst, meist um die Zeit vom ersten Advent. Das war allerhand Arbeit, an der wir Kinder uns ebenfalls beteiligen mussten. Denn für einen Christstollen benötigt man unendlich viele Zutaten: Zitronat und Orangeat, süße Mandeln und bittere Mandeln, Rosinen und Korinthen, Schmalz und Rum und einiges mehr. Das meiste davon musste zuerst vorbereitet werden. Das Zitronat konnte man beispielsweise nicht zerkleinert kaufen, sondern musste es eigenhändig zuschneiden.

»Kommt, wir wollen die Sachen für den Stollen schon mal schneiden«, sagte meine Mutter immer zu meiner Schwester und mir am Abend vor dem großen Backtag. Wir stöhnten. Doch dann hackten wir Mandeln, wuschen Rosinen, legten Korinthen ein und zerkleinerten mühsam große Stücke von Orangeat und Zitronat. Begeistert war ich von dieser Arbeit nicht. Denn all diese Zutaten mussten ja in riesigen Mengen verarbeitet werden, der Teig sollte schließlich für mehrere Christstollen ausreichen.

Am folgenden Morgen bereitete meine Mutter den Teig dann zu und gab die von uns präparierten Zutaten hinein. Den gewaltigen Teigklumpen brachte sie als Ganzes zum Bäcker. Zu der Teigmasse legte sie mehrere Schildchen, auf denen unser Nachname stand. So wusste der Bäcker genau, wie viele Stollen er aus dem großen Klumpen machen sollte. Früher ließ man die Christstollen übrigens immer in den Bäckereien backen, da es dort

Öfen mit größerer Hitze gab. Wenn unsere Stollen schließlich fertig waren, konnten wir sie abholen und bezahlten dem Bäcker einen kleinen Beitrag.

Zu gerne hätte ich nun ein Stück probiert! Die frisch gebackenen Stollen dufteten einfach herrlich! Doch essen konnten wir sie noch lange nicht … Wir mussten mindestens eine Woche oder vierzehn Tage warten. So lange dauerte es nämlich, bis die Christstollen durchgezogen waren und ihr volles Aroma entfaltet hatten. Dann allerdings durften wir endlich ein Stück kosten, sogar schon vor den Weihnachtsfeiertagen. Und das war jedes Mal wie ein kleines Fest vor dem Weihnachtsfest.

Frau H. aus Wuppertal, geboren in Dresden, Jahrgang 1932

Strickabend

Ich bin in Lauter, einem kleinen Dorf in Hessen aufgewachsen.

In der Vorweihnachtszeit hieß es in der Nachbarschaft oft: »Ei, kommt heut Abend zu uns zum Stricken.« Und dann kamen die Nachbarsfrauen und brachten ihr Strickzeug mit. Diejenige, die eingeladen hatte, backte immer einen Kuchen – da gab es Ribbelkuchen [hessischer Streuselkuchen] und Äbbelkuchen. Kaffee wurde auch getrunken, sogar noch abends. Und je nachdem, wie alt wir Kinder waren, durften wir mitkommen. Als ich ein etwas älteres Schulkind war, durfte ich bis zehn Uhr dabei bleiben, wenn der Strickabend bei uns stattfand. Dann ging es ab ins Bett. Die Mutter zeigte nur mit dem Finger nach oben und ich wusste, jetzt war es höchste Zeit zum Schlafengehen.

Ich muss sagen, diese nachbarschaftlichen Strickabende waren wirklich eine schöne adventliche Tradition!

Frau O. aus Lich, aufgewachsen in Lauter, Jahrgang 1930

Kerzen in der Fensternische

Ich habe einen großen Teil meiner Kindheit in Schmölln, einem thüringischen Ort bei Altenburg, verbracht. Unsere Wohnung dort war sehr beengt, wir hatten nicht viel Platz. Aber es gab ein Wohnzimmer, in dem wir uns oft aufhielten, sangen und Klavier spielten. In dem Zimmer befand sich eine Fensternische, die zugebaut war, ein verbautes Fenster also, welches sich bestens zum Dekorieren eignete. Meine Mutter hatte dort einen Spiegel aufgehängt – der machte den Raum ein wenig heller – und zur Weihnachtszeit kleideten wir die Fensternische sorgsam mit Tannengrün aus. Das war ein wunderschöner Anblick, der mich immer in eine adventliche Stimmung versetzte.

Eines Tages wurde die Fensternische zusätzlich mit einer Besonderheit geschmückt, die zur damaligen Zeit in Europa noch ziemlich ungewöhnlich und selten war, eine Rarität sozusagen. Dafür war meine Schwester verantwortlich. Die arbeitete nämlich als Verkäuferin in der Elektroabteilung eines Kaufhauses. Und an einem Nachmittag in der Vorweihnachtszeit kam sie mit einem Karton unter dem Arm nach Hause, den sie meiner Mutter und mir stolz präsentierte. Wir staunten nicht schlecht, als wir sahen, was sich in dem Karton befand: elektrische Kerzen! Unsere erste elektrische Lichterkette! Wir mussten sie natürlich sofort testen, hängten sie in unsere Fensternische und schlossen sie ans Stromnetz an. Wie schön das aussah! Unser Wohnzimmer erstrahlte in einem zauberhaften Licht, künstliches Licht zwar, dafür war die Fensternische aber nun die gemütlichste Stelle in unserer Wohnung. Verwandte, Freunde, Nachbarn – alle kamen, um die außergewöhnliche Weihnachtsdekoration zu bewundern. Elektrische Lichterketten gab es damals ja noch kaum.

Daran – an die elektrischen Kerzen in unserer Fensternische – erinnere ich mich jedes Mal, wenn ich an die Adventszeit in meiner Kindheit denke.

Frau Sch. aus Lich, aufgewachsen in Altenburg, Thüringen, Jahrgang 1932

Advent zu Hause und in der Schule

Meine riesige Vorfreude auf Weihnachten fing schon im Advent an, als die ersten Adventsbeleuchtungen in den Straßen der Stadt angeknipst wurden. Damals gab es solche wunderschönen Sterne mit einzelnen Glühbirnen, die vor den Geschäften aufgehängt wurden. Das war Anfang der fünfziger Jahre die Weihnachtsbeleuchtung in Wuppertal, die jedoch nicht vor dem ersten Advent angeschaltet wurde, da vorher ja der Totensonntag und der Buß- und Bettag, die stillen Festtage, begangen wurden. Das war sehr streng geregelt. Vorher gab es auch keine Schokoladen-Nikoläuse oder Schokoladen-Weihnachtsmänner zu kaufen. Die Weihnachtsleckereien wurden erst ab dem ersten Advent in den Läden ausgelegt. Erst dann wurden auch die Schaufenster entsprechend dekoriert.

Bei uns zu Hause wurde die Adventszeit weniger beachtet. Wir hatten beispielsweise keinen Adventskranz. Hin und wieder wurde zwar abends eine Kerze angezündet, zur Gemütlichkeit. Aber irgendwelchen Weihnachtsschmuck, der auf den Schränken oder auf unserem Harmonium dekoriert war, gab es nicht. Wir hatten sowieso wenig Platz. Unsere Wohnung, in der wir zu fünft lebten, bestand lediglich aus drei Zimmern. Ein Aufenthaltsraum, der gleichzeitig Küche, Esszimmer und Wohnzimmer war, dazu zwei kleine Schlafzimmer – das war alles.

Zwei Dinge gab es allerdings, die mir die Vorweihnachtszeit zu Hause versüßt haben und an die ich mich liebend gerne erinnere: Das war zum einen mein geliebter Adventskalender und zum anderen das Weihnachts-Päckchen, das uns mein Onkel Georg aus Heilbronn alljährlich schickte.

Mein Adventskalender! Versüßen ist im Grunde genommen der falsche Begriff im Zusammenhang mit diesem Kalender, denn Süßigkeiten suchte man hinter den Türchen vergeblich. Es handelte sich nämlich um ein hübsches kleines Haus aus stabiler Pappe mit vierundzwanzig Fensterchen, hinter denen sich Sprüche und Bibelverse verbargen. Das Häuschen baute man auf und da das Dach offen war, konnte man in die Mitte eine Kerze stellen. So wurden die Fenster von innen wunderbar beleuchtet! Jeden Tag im Advent öffnete ich also ein Fenster, las den Spruch und freute mich, dass mein Adventskalenderhäuschen täglich strahlender leuchtete. Die Fenster bestanden aus rotem und gelbem Pergamentpapier und gaben ein sehr gemütliches Licht ab. Nach Weihnachten wurde das Häuschen wieder schön zusammengepackt und sorgfältig auf dem Speicher verstaut. So hat es dann meine ganze Kindheit überstanden und ich hatte

alle Jahre wieder meine Freude daran.

Ja, und das Päckchen aus Heilbronn – das kam meistens um die Zeit vom ersten Advent und wurde von uns sehnlichst erwartet. In Heilbronn wohnte der Bruder meiner Mutter – mein Onkel Georg –, der Konditor war und eine eigene Konditorei besaß.

Anfang Dezember schickte er uns immer die schönsten Leckereien: große Stücke von Konditorei-Marzipan und Konditorei-Nougat, selbst gemachte Pralinen, Weihnachtsstollen und andere selbst gebackene Köstlichkeiten. Das Päckchen war eine Wucht! Bereits das Auspacken war etwas ganz Besonderes und wenn ich schließlich ein wenig von diesen leckeren Sachen naschen durfte, war ich überglücklich. Wichtig war allerdings, dass alles schön eingeteilt wurde – das übernahm meine Mutter – und dass es nicht zu viele Naschereien auf einmal gab. Aber ich empfand das Einteilen überhaupt nicht als schlimm – Hauptsache, das Päckchen war da! Jeden Adventstag durften wir eine kleine Süßigkeit essen und an Weihnachten kamen die restlichen Leckereien dann auf den Tisch.

Meine Mutter freute sich auch jedes Mal riesig, wenn das Paket aus Heilbronn eintraf. Und sollte irgendein kleines Teil in einem Jahr mal fehlen, bemerkte sie dies sofort und sagte: »Oh, in diesem Jahr hat Georg aber weniger Pralinen geschickt!« Nichtsdestotrotz krönte Onkel Georgs Päckchen Jahr um Jahr die Adventszeit in unserer Familie.

Nikolaus wurde in unserer Familie ein bisschen gefeiert. Für mich war es ein Zeichen, dass Weihnachten näher rückte. Zum Nikolaustag gab es zwar keine Spielsachen, nicht irgendetwas zum Lesen oder Spielen, dafür aber Süßigkeiten. Immerhin! Wie alle Kinder stellte ich am Abend des 5. Dezembers den berühmten Schuh oder Stiefel vor die Tür, der dann vom Nikolaus gefüllt wurde. Persönlich begegnet bin ich ihm zu Hause nie, mein großer Bruder oder der Vater haben sich nie als solcher verkleidet. Wenn ich mal bei einer Einkaufsfahrt in die Stadt einen Mann im Nikolauskostüm sah, war ich tief beeindruckt. Ich glaubte tatsächlich, der leibhaftige Nikolaus stünde vor mir!

In der Volksschule, die ich als Kind besuchte, wurde die Adventszeit intensiv zelebriert. Unser Lehrer Herr Praß legte sehr viel Wert darauf – auf die biblische Weihnachtsgeschichte und auf die Weihnachtslieder. »Macht hoch die Tür, die Tor macht weit« war das erste Lied, das wir gelernt und regelmäßig gesungen haben. Morgens zu Unterrichtsbeginn wurde immer eine Kerze angezündet und eine kurze Andacht abgehalten. Hin und wieder gab es auch eine Vorlesestunde, in der weihnachtliche Geschichten und Gedichte vorgetragen wurden. Zusammen mit den brennenden Kerzen war das sehr stimmungsvoll! An bestimmten Unterrichtstagen sollten wir Schüler eine Kleinigkeit von zu Hause mitbringen – Tütchen mit Plätzchen oder mit irgendetwas Selbstgebackenem. Die Tütchen wurden dann gemischt und neu verteilt. Aber ich habe leider nie die leckeren Plätzchen gekriegt, die mir meine Mutter mitgegeben hatte! Meine Mutter war eine hervorragende Plätzchenbäckerin, sie machte die köstlichsten Anisplätzchen und Nürnberger Nussplätzchen, das feinste Spritzgebäck und das beste Berliner Brot – all das war viel leckerer als das Gebäck der anderen Kinder. Auch wenn ich meistens die Plätzchen kriegte, die mir nicht ganz so gut schmeckten, war diese Adventsaktion in der Schule doch ein sehr, sehr schönes Erlebnis.

Überhaupt war die Adventszeit viel mehr von der Schule her geprägt als von zu Hause.

Durch die Schule haben sich mir viele Weihnachtslieder verinnerlicht: »O du fröhliche«, »O Tannenbaum« und insbesonders »Stille Nacht, heilige Nacht« – dieses Lied hat mich als Kind tief beeindruckt. Jedenfalls habe ich »Stille Nacht, heilige Nacht« immer schon am allermeisten mit Weihnachten verbunden, es vermittelte mir am meisten das Gefühl von Weihnachten, war emotional am nächsten an Weihnachten dran. Sicherlich lag das an der Melodie, der Text hat mir als Kind noch nicht so viel gesagt. Es war die wundervolle, getragene Melodie und die damit verbundene Atmosphäre, die ich mich mit einem weihnachtlichen Gefühl erfüllte.

Das erste Weihnachtslied, über dessen Text ich intensiver nachdachte, war »Macht hoch die Tür, die Tor macht weit« – das erste Lied, das wir Schüler gelernt hatten. Unser Lehrer Herr Praß hatte uns nämlich nicht nur das Lied und dessen Melodie beigebracht, sondern gleichzeitig einen Zugang zum Text vermittelt. Er erklärte, was die Zeile »Es kommt der Herr der Herrlichkeit« bedeutete und erwähnte in diesem Zusammenhang sogar alttestamentliche Texte aus dem Propheten Jesaja. Ich weiß nicht, ob Herr Praß ein sehr gläubiger Mann war, aber dieser biblische Bezug war ihm sehr wichtig. Auch auf die Weihnachtsgeschichte aus der Bibel legte er, wie gesagt, großen Wert. Wir mussten sogar einen Teil des Bibeltextes aus dem zweiten Kapitel des Lukasevangeliums auswendig lernen: »Es begab sich aber zu der Zeit, dass ein Gebot von dem Kaiser Augustus ausging, dass alle Welt geschätzt würde …« – ich kenne den Text heute noch auswendig.

Herr V. aus Marienheide, geboren in Wuppertal, Jahrgang 1945

GEORG WEISSEL

Macht hoch die Tür, die Tor macht weit

Macht hoch die Tür, die Tor macht weit;
es kommt der Herr der Herrlichkeit,
ein König aller Königreich,
ein Heiland aller Welt zugleich,
der Heil und Leben mit sich bringt;
derhalben jauchzt, mit Freuden singt:
Gelobet sei mein Gott,
mein Schöpfer reich von Rat.

Er ist gerecht, ein Helfer wert;
Sanftmütigkeit ist sein Gefährt,
sein Königskron ist Heiligkeit,
sein Zepter ist Barmherzigkeit;
all unsre Not zum End er bringt,
derhalben jauchzt, mit Freuden singt:
Gelobet sei mein Gott,
mein Heiland groß von Tat.

O wohl dem Land, o wohl der Stadt,
so diesen König bei sich hat.
Wohl allen Herzen insgemein,
da dieser König ziehet ein.
Er ist die rechte Freudensonn,
bringt mit sich lauter Freud und Wonn.

Gelobet sei mein Gott,
mein Tröster früh und spat.

Macht hoch die Tür, die Tor macht weit,
eu'r Herz zum Tempel zubereit'.
Die Zweiglein der Gottseligkeit
steckt auf mit Andacht, Lust und Freud;
so kommt der König auch zu euch,
ja, Heil und Leben mit zugleich.
Gelobet sei mein Gott,
voll Rat, voll Tat, voll Gnad.

Komm, o mein Heiland Jesu Christ,
meins Herzens Tür dir offen ist.
Ach zieh mit deiner Gnade ein;
dein Freundlichkeit auch uns erschein.
Dein Heilger Geist uns führ und leit
den Weg zur ewgen Seligkeit.
Dem Namen dein, o Herr,
sei ewig Preis und Ehr.

KURT SCHWITTERS

Nikolaus

Es ist Nikolaustag. Ein trüber, regnerischer Tag, wie in unserer Zone das Wetter vor Weihnachten immer ist. Dann verschläft man einfach die Zeit. Ausgerechnet musste ich früh wohin, und so ging's Kartoffel, Kartoffel in die Hose, in die Stiefel, sobald ich erwacht war. Ich hatte gerade viel vor und musste weit über Land. Und was mein rechter Stiefel war, der wollte partout nicht angehen. Da packte mich die Wut, ich zog ihn mit einem Ruck an, ob dabei mein Fuß sich verbog oder nicht, einerlei. Donnerwetter, musste ich hinken. Nun war doch so feuchtes Wetter, und ich denke, der Regen hat den Stiefel wahrscheinlich stramm gezogen, der ist nun mal nicht größer.

Ich gehe also über Land. Der rechte Stiefel klemmte mich bald rund um den Fuß, wie ein Band. Ich wollte pfeifen, aber danach war der Stiefel nicht eingerichtet. Gut, dass heute Nikolaus ist, denke ich, denn solch ein Gedanke ergeht einem. Den ganzen Tag ist Nikolaus. Die Kinder freuen sich auf Nikolaus, stellen ihre Stiefel vor die Tür, und dann legt ihnen der am Tag da was rein. Das ist nun mal so. Ach, wie goldig ist doch die Kinderzeit. Wenn nur der rechte Stiefel nicht so drücken wollte. Abscheulich. Wenn ich ein Kind gewesen wäre, hätte mir Nikolaus sicher meinen Stiefel aufgeweitet, als Dank dafür, dass das heute sein Tag ist, aber Erwachsenen tut er dieses nicht. Höchstens, dass die ihm die Sachen bezahlen müssen, die er den Kindern bringt. Und so ging's den ganzen Tag, abwechselnd: »Wie schön ist solch ein Nikolaustag«, und: »Die verfluchten Stiefel!«

Abends kam ich ganz erschöpft nach Hause. Ich sage zu meiner Frau: »Dorthe, ich glaube, ich habe, ich muss wohl sehr geschwollene Füße haben, wenn das nur nicht krankhaft ist. Aber beruhige dich, denn es ist heute Nikolaus.«

»Ach, du armes Männchen«, sagt da meine Frau, »da setz dich nur schön in den Lehnstuhl und ziehe deine warmen und weichen, bequemen Puschen an. Und wie hat dir denn heute Morgen die Marzipankartoffel geschmeckt?«

»Welche Marzipankartoffel denn?«

»Nun, die der Nikolaus in den rechten Schuh gelegt hat?«

»Was?«, schrie ich auf, » der hat mir eine Marzipankartoffel in den Schuh gelegt?«

»Nun, hast du sie denn nicht gefunden?«

Da wurde mir alles klar, ich hatte einen ganzen Tag auf der Kartoffel gelaufen.

Ich zog den Schuh aus, und da hatte sich die Kartoffel wie ein Pfannkuchen breitgetreten. Es ist doch nichts wert, wenn Nikolaus die Erwachsenen auch noch wie Kinder behandelt. Und dabei hat meine Frau die Kartoffel beim Nikolaus noch für teures Geld kaufen müssen.

THEODOR STORM

Knecht Ruprecht

Von drauß', vom Walde komm' ich her;
ich muss euch sagen, es weihnachtet sehr!
Allüberall auf den Tannenspitzen
sah ich goldene Lichtlein sitzen;
und droben aus dem Himmelstor
sah mit großen Augen das Christkind hervor,
und wie ich so strolcht' durch den finstern Tann,
da rief's mich mit heller Stimme an:

»Knecht Ruprecht«, rief es, »alter Gesell,
hebe die Bein und spute dich schnell!
Die Kerzen fangen zu brennen an,
das Himmelstor ist aufgetan;
Alt' und Junge sollen nun
von der Jagd des Lebens einmal ruhn;
und morgen flieg' ich hinab zur Erden,
denn es soll wieder Weihnachten werden!«

Ich sprach: »O lieber Herre Christ,
meine Reise fast zu Ende ist;
ich soll nur noch in diese Stadt,
wo's eitel gute Kinder hat.«
– »Hast denn das Säcklein auch bei dir?«
Ich sprach: »Das Säcklein, das ist hier:

Denn Äpfel, Nuss und Mandelkern
essen fromme Kinder gern.«
– »Hast denn die Rute auch bei dir?«
Ich sprach: »Die Rute, die ist hier:
Doch für die Kinder nur, die schlechten,
die trifft sie auf den Teil, den rechten.«
Christkindlein sprach: »So ist es recht;
so geht mit Gott, mein treuer Knecht!«

Von drauß', vom Walde komm' ich her;
ich muss euch sagen, es weihnachtet sehr!
Nun sprecht, wie ich's hierinnen find'!
Sind's gute Kind', sind's böse Kind'?

AMEI-ANGELIKA MÜLLER

Flötentöne

Es gab hervorragende Musiker unter den Pfarrern, solche, die ausgezeichnet Flöte, Geige oder Cello spielten. Weil sie aber selten zusammen übten, klappten die Aufführungen nie so recht. Das geplagte Auditorium musste wiederholte Anfänge, Dispute über die verschiedenen Tempoauffassungen und lautes Taktklopfen mit den Füßen über sich ergehen lassen.

Als Kind wurde auch mir die Ehre zuteil, bei einer solchen musikalischen Darbietung mitzuwirken. Es war im Advent, eine Zeit, in der man gern Flötentöne hört und Kinder musizieren sieht. In der Familie spielten wir oft zusammen. Beate blies Altblockflöte, ich die kleine Sopranflöte und Mutti begleitete auf dem Klavier. Zu Hause klappte es immer und machte uns Spaß. Als ich aber vor der versammelten Pfarrerschaft spielen sollte, blieb mir buchstäblich die Puste weg.

Es war ein »langer Pfarrkranz«, das heißt, einer, der von morgens bis abends dauerte. Wir beiden Flötistinnen kamen in den Gemeindehaussaal. Da saßen die Pfarrer mit ihren Frauen an langen Tischen und aßen Kartoffelsalat und Würstchen. Dieser Anblick, dazu der Essensgeruch und die Geräusche entsetzten mich so sehr, dass mir auf dem Wege zum Harmonium ganz schwindelig wurde. Vorne angekommen, im Blickfeld aller Leute, nahmen wir die Flötenteile aus den Kästen und steckten sie zusammen. Aber schon dieser einfache, oft geübte Vorgang bereitete mir Schwierigkeiten. Meine Finger waren eiskalt und nass.

Das Mahl war beendet, das Dankgebet gesprochen. Die Pfarrer lehnten sich zurück, blinzelten schläfrig und hatten nichts dagegen, ein Flötenstückchen anzuhören. Mutti saß auf der Harmoniumbank, wir Mädchen rechts und links von ihr. Das erste Stück sollte ich allein spielen. Es hieß »Armes Waldvögelein«. Mutti begann den ersten Takt, dann hätte ich mit dem Gezwitscher des Waldvögeleins einfallen sollen, aber die Flöte blieb stumm. Ich bewegte mühsam die Finger über die Löcher, doch ich brachte keine Luft in die Flöte hinein.

»Los!«, zischte Mutti und wiederholte den Anfang, »dein Einsatz!«

Nur ein kläglicher Jammerton kam aus der Flöte. Die Pfarrer erwachten aus ihrem Verdauungsschläfchen und schauten interessiert zu uns herüber. Was war denn das? Wo blieb die Musik? Mutti blätterte in den Noten.

»Das zweite Stück!«, flüsterte sie. Der Anfangsakkord erklang. Beates Altflöte fiel mit dunklem Ton ein. Langsam wich der Druck aus meinem

Kopf. Ich konnte wieder durchatmen und Luft in die Flöte strömen lassen. Mein Einsatz klang noch matt, aber immer sicherer und voller liefen die beiden Flötenstimmen nebeneinander her. Das Sopranflötensolo nahte. Wie wundervoll hatte ich es zu Hause geblasen, mit Tremolo und kunstvollsten Trillern und Kadenzen! Selbst Else, die musikalische Geräusche verabscheute, hatte sich positiv darüber geäußert: »Ich muss immer pinkeln, wenn ich dir hör, Pickdewick, das tut wie'n Wasserfall!«

Jetzt aber wurde mir wieder schwindelig. Kaum konnte ich die Flöte in den nassen Fingern halten. Mutti warf einen Blick auf mein bleiches Gesicht und blätterte entschlossen die Noten um, sie überschlug mein Solo.

»Mach weiter, Beate!« Beate spielte ihr Solo, ohne mit der Wimper zu zucken, sie trillerte hemmungslos, die Zuhörer klatschen. Ich schrumpfte auf der Bank zusammen. Die Tränen schossen mir in die Augen. Oh, wie wütend ich war! Auf die klatschenden Pfarrer, die strahlende Beate und vor allem auf mich selber. Was für einen abscheulichen Streich hatte ich mir da gespielt?! Im letzten Satz musizierten wir wieder zusammen. Es lief wie geschmiert, kein falscher Ton, keine Schwierigkeiten. Man zollte uns freundlichen Beifall. Nur wenige hatten etwas von meinem Versagen gemerkt. Auch zu Hause fiel kein Wort, bis ich selber davon anfing.

»Es tut mir leid. Ich weiß nicht, was passiert ist. Mir wurde auf einmal schlecht. Ich hab' es bestimmt nicht mit Absicht getan!«

»Macht nichts!«, sagte Mutti. »Das passiert jedem einmal. Die Luft war schlecht. Nächstes Mal kannst du es besser!«

»Das nächste Mal« war bei der Weihnachtsfeier der Frauenstunde. Ich musste alleine auftreten, denn Beate war verreist. Wir hatten die Telemannsonate viele Male geprobt, ich beherrschte sie im Traum.

»Du kannst es!«, sagte Mutti. »Ich habe festes Vertrauen zu dir!«

Aber ich konnte es nicht.

Schon als ich im Gemeindesaal die vielen Frauen sah, stockte mir der Atem, es dröhnte in meinen Ohren. Ich rang nach Luft und lehnte mich an die Tür.

»Komm nur!«, rief Mutti vom Harmonium her.

Wie eine aufgezogene Puppe ging ich nach vorn, packte die Flöte aus, drehte sie zusammen, hielt sie an die Lippen und wusste genau, dass ich sie nicht zum Klingen bringen konnte. Alle Gesichter waren uns zugewandt.

Aus weiter Ferne hörte ich die Eingangstakte, vernahm den Akkord, bei dem ich einsetzen musste, und bewegte die Finger auf der stummen Flöte. Mutti stieß mich in die Seite, flüsterte mir etwas zu, spielte weiter … Eine Frau lachte, eine andere fiel ein, dann lachten alle. Nicht aus Schadenfreude, nein, die dachten, wir führten eine Groteske auf. Jetzt hätte ich wieder spielen können, der schreckliche Bann war gebrochen, aber ich spielte nicht. Ließ die Finger weiter über die Flöte tanzen, schnitt ein gequältes Gesicht und blies die Backen auf. Mutti warf ab und zu schalkhafte Blicke zu ihren Frauen hinunter und mimte dann wieder die verzweifelte Begleiterin eines stummen Clowns. Unsere Zuschauer schrien vor Lachen, klatschten begeistert Beifall und wollten eine Zugabe. Aber wir beide waren am Ende unserer Kraft. Wir sahen uns nicht an, als wir hinter dem Harmonium hervorkrochen und uns gravitätisch verneigten. Ich nahm meine Flöte unter den Arm, ließ die Noten fallen, bückte mich danach, verlor sie wieder und stelzte langsam aus dem Saal, umbrandet von Begeisterungsstürmen. Die »Parodie« war der Höhepunkt des Abends. Man sprach noch lange in der Gemeinde von diesem »Kabinettstückchen«.

Vor der Familie und auch voreinander hielten Mutti und ich die Fiktion aufrecht, dass wir eine Parodie hätten aufführen wollen. Wir lachten über unseren Erfolg und waren doch beide tief bestürzt.

Lange Zeit lag die Flöte unberührt im Kasten. Man bat uns, die Parodie beim nächsten Gemeindefest zu wiederholen. Mutti lehnte ab. Sie wirke nur als Überraschung. Seitdem wurden meine Flöte und ich nicht mehr bei Gemeindeveranstaltungen benötigt.

OTFRIED PREUSSLER

Die Grulicher Weihnachtskrippe

Unsere Kinderzeit haben wir in Reichenberg verbracht, das damals noch eine deutsche Stadt im Norden des Landes Böhmen war. Der Vater hatte uns eines Abends in der Vorweihnachtszeit vom Krippenmarkt unter den Schwarzen Lauben eine in braunes Packpapier eingeschlagene Pappschachtel mitgebracht, die mein kleiner Bruder und ich am Wohnzimmertisch in Gegenwart von Eltern und Großmutter auspacken durften.

Es zeigte sich, dass die Schachtel mit Holzwolle ausgestopft war und eine Anzahl von kleinen, einzeln in Seidenpapier eingewickelten Gegenständen enthielt: Einige fühlten sich eher sperrig an, andere länglich und rund wie Tannenzapfen, nur kleiner; und als mein Bruder, der damals noch nicht zur Schule ging, einen der geheimnisvollen Knäuel öffnete, kam ein Schaf zum Vorschein – ein hölzernes Schaf mit weißgrauem Fell, rosafarbener Schnauze und beängstigend weit abstehenden Ohren. Es stand auf vier streichholzdünnen Beinen, an die unten ein flaches, grasgrün bemaltes Brettchen angeleimt war, damit man es aufstellen konnte.

»Aha«, sagte mein kleiner Bruder und legte den Zeigefinger an die Nase, damit alle merken sollten, dass er im Begriff stand, etwas besonders Kluges zu sagen: »In der Schachtel, was kann da drin sein? Da ist bestimmt eine Arche Noah drin.«

Wir anderen wussten natürlich, dass er das wider besseres Wissen gesagt hatte, aber wir ließen es uns nicht anmerken.

Danach war ich selbst an der Reihe, griff nach einem der etwas größeren Gegenstände und beförderte einen gleichfalls mit allen Vieren auf solch ein grünes Brettchen geleimten Ochsen hervor.

Wir wechselten einen raschen Blick unter Brüdern, das Spiel sollte weitergehen. Ach so, meinte ich, das seien wohl neue Tiere für unseren Bauernhof? Dies sagte ich mit der größten Unschuldsmiene, obzwar ja der hölzerne Bauernhof mit den Kühen, Schafen, Schweinen und Ziegen längst auf dem Dachboden gelandet war, in der Kiste mit den ausgedienten Spielsachen.

Nun griff wieder mein Bruder zu, befingerte unschlüssig einen der noch in der Schachtel liegenden Gegenstände, entschied sich dann aber für einen anderen, zupfte das Seidenpapier auseinander – und siehe da, es kam ein Kamel zutage: ein regelrechtes Kamel mit roter Schabracke und einem Federbusch auf der Stirn.

Das passte nun weder zur Arche Noah noch auf den Bauernhof, aber der kleine Schlauberger wusste Rat; er meinte, da sei vielleicht eine Menagerie drin, wie wir sie kürzlich in der Auslage beim Spielwarenhändler Ulbrich bestaunt hatten. Das entbehrte nicht einer gewissen Wahrscheinlichkeit.

Als ich jedoch beim nächsten Zugriff einen leibhaftigen Mohrenkönig ans Licht brachte, einen Mohrenkönig mit perlweißen Zähnen im kaffeebraunen Gesicht und einem merkwürdig geformten Goldgefäß in der Linken, das die Gestalt einer waagerecht gestellten Mondsichel hatte – da ließ sich nun endgültig nicht mehr daran vorbeiraten:

Was der Vater uns da mitgebracht hatte, war eine Weihnachtskrippe, bestehend aus einigen zwanzig holzgeschnitzten Figuren, die Schafe und Lämmer nicht mitgezählt, alle bunt bemalt.

Und während wir nun die Hirten und Könige, die Muttergottes, das liebe Jesulein auf dem Stroh und den heiligen Joseph gemeinsam auspackten, erklärte uns der Vater, dass dies eine Grulicher Krippe sei – so benannt nach dem Städtchen Grulich im Adlergebirge nahe der schlesischen Grenze, wo solche Figuren von einfachen Leuten am Feierabend geschnitzt würden, teils zum Zeitvertreib, teils der paar Heller wegen, die sich damit verdienen ließen.

Der Vater musste es wissen. Er hatte in seiner Freizeit für das Museum unserer Heimatstadt eine der größten Sammlungen nordböhmischer Weihnachtskrippen zusammengetragen, wenn nicht die größte von allen: viele Hunderte von Figuren, die meisten von dörflichen Künstlern auf Pappendeckel gemalt und hinterher ausgeschnitten, wie das im Umland von Reichenberg üblich war.

Die holzgeschnitzte Krippe aus Grulich erhielt ihren Platz im Haus meiner Eltern auf halber Höhe der Stiege, die in den ersten Stock hinaufführte.

Wo die hölzerne Treppe sich wendete, gab es an deren Innenseite eine Konsole; die wurde nun abgeräumt, um alsbald in die Fluren des Heiligen Landes verwandelt zu werden, indem man sie mit Platten von Moos und einigen Rindenstücken bedeckte, die der Vater in einer weiteren Schachtel gleich mitgebracht hatte.

Bei der nun folgenden Aufstellung der Figuren erprobten mein kleiner Bruder und ich die verschiedenartigsten Möglichkeiten der Anordnung und Gruppierung, wobei eigentlich nur die heilige Familie mit Ochs und Esel einen festen Platz inmitten des Ganzen hatte – ebenso wie der Gloria-Engel, der mit rauschenden Fittichen ihnen zu Häupten schwebte und in den weit ausgebreiteten Armen ein Spruchband mit der aus zierlich geschwungenen goldenen Lettern bestehenden Aufschrift trug: GLORIA IN EXC. DEO.

Übrigens stellte er insofern das Musterbeispiel einer Krippenfigur aus Grulich dar, als er ein ganz besonders ausgeprägt schiefes Gesicht hatte.

Mit Ausnahme der Tiere hatten nämlich, wie der

Vater zu berichten wusste, alle Grulicher Krippenfiguren mehr oder weniger schiefe Gesichter, bei denen die rechte Hälfte gegenüber der linken um eine Winzigkeit zur Seite und gleichzeitig nach unten weggerutscht zu sein schien.

Deshalb achteten mein Bruder und ich auch in den folgenden Jahren sorgfältig darauf, die hölzernen »Mannln« unserer Krippe im Heiligen Lande nach Möglichkeit so zu postieren, dass der Betrachter sie im Profil zu sehen bekam: ein kleiner, durchaus vertretbarer Kunstgriff – nur dass er sich, zu unser beider anfänglichem Bedauern, ausgerechnet auf den Gloria-Engel nicht anwenden ließ, der ja nun einmal samt Spruchband dazu bestimmt war, von vorne betrachtet zu werden.

Mit der Zeit begannen wir uns allerdings mehr und mehr an das schiefe Gesicht des himmlischen Boten zu gewöhnen, bis es uns schließlich so lieb und vertraut wurde wie das Gesicht eines guten alten Bekannten.

Wenn wir die Krippe am Tage Mariä Lichtmess, also am 2. Februar, abräumen durften, verpackten wir stets gerade den Engel mit besonderer Sorgfalt wieder in Seidenpapier und legten ihn dann in der Krippenschachtel, die bis zum nächsten Weihnachtsfest auf den Dachboden wanderte, immer ganz obenauf.

* * *

Wohlverpackt auf dem Dachboden befand sich unsere Grulicher Weihnachtskrippe auch an jenem strahlenden Junimorgen des Jahres 1945, als meine Eltern aus dem Hause gejagt wurden, wonach fremde Leute davon Besitz ergriffen, mit allen Möbeln, mit aller Habe, vom Keller bis unters schiefergedeckte Dach. Heute leben wir in Bayern, dort haben wir uns eine neue Heimat geschaffen. Was aus der Grulicher Weihnachtskrippe geworden ist, werden wir nie erfahren. Die fremden Leute, die unser Haus im einstigen Reichenberg jetzt bewohnen – möge der Gloria-Engel aus Grulich auch ihnen den Frieden des Herrn bescheren, wie er allen Menschen verheißen ward: damals, in jener hochheiligen Nacht überm Stall zu Bethlehem.

»Es blieben die Sterne in dunkler Nacht«

Erinnerungen an Weihnachten in Kriegszeiten

PAUL KELLER

Kriegsweihnacht 1916

Und wenn auch nichts mehr auf Erden wär
und alles freude- und liebeleer:
Es blieben die Sterne in dunkler Nacht,
es blieben die Berge in weißer Pracht,
es blieb' der selige Kindertraum
vom Gabentisch und vom Tannenbaum,
es blieb' Weihnachten!
Wollen alle in Demut trachten,
vor dem schlummernden Jesulein
stille Kinder der Not zu sein.

FRIEDRICH GÖHRS

Der Kriegsweihnachtsmann

Kurz vor Weihnachten 1942 störte mich mein Vater bei den Schularbeiten. Er sagte: »Ich habe ein besonderes Anliegen an dich!«

Ich war sechzehn Jahre alt. Wenn er so sprach und nicht gleich befahl, war das verdächtig. »Was soll ich tun?«

»Ich möchte, dass du Weihnachtsmann spielst.«

»Ich möchte es aber nicht.«

»Du wirst es. Die Frauenschaft hat im ehemaligen Arbeitsdienstlager einen Kindergarten eingerichtet, in den jetzt manche Kinder gehen, die ihren Vater verloren haben.«

»Ich mag keinen roten Flattermantel, keinen Wattebart und auch keine rote Kasperlemütze auf dem Kopf.«

Vater lächelte: »Du wirst einen richtigen Kriegsweihnachtsmann spielen.«

»Was, einen Kriegsweihnachtsmann?«

»Oben liegt ein grauer gesteppter Soldatenmantel aus dem Weltkrieg. Mutter wird ihn dir zurechtmachen.«

So geschah es. Mutter säumte den Mantel mit Pelzstreifen und Vater befestigte goldblecherne Sterne daran. Ich durfte meine neuen, aus Frankreich importierten Stiefel anziehen, darüber Ledergamaschen, die noch im Stall lagen. Sie stammten auch aus dem Weltkrieg. Die Mütze hatte allerdings etwas Orientalisches. Sie war ein bunter Kaffeewärmer, an den Mutter innen Hanfhaare befestigt hatte. Aus Hanf war auch der Bart. Ich bastelte mir ein goldenes Rohr, mit dem ich in die Herzen der Kinder gucken wollte. Ich hatte mir für die Weihnachtsfeier einige Späße ausgedacht und freute mich schon darauf.

Im Kindergarten hatten die Frauen fleißig mit den Kindern Weihnachtslieder und offenbar ihr Verhalten eingeübt. Als ich den Raum betrat, mussten sie aufstehen, sich gerade hinstellen und ein Weihnachtslied vorsingen.

Ich wollte die Kinder für ihren Gesang loben. Aber schon musste ein Kind ein Gedicht aufsagen, dann ein anderes Kind sich mit einem Gedicht quälen, dann noch ein Lied, und dann endlich durfte der Weihnachtsmann …

Nein, er durfte nicht. Er sollte aus einem großen Buch, das er angeblich im Flur gefunden hatte, die kleinen Vergehen der Kinder vortragen und diese zu besserem Betragen auffordern. Sonst gab es keine Geschenke. Ich las und schüttelte nur den Kopf: »Oh, oh! Na, na. Sowas!« …

Ich überlegte, ob ich den Kindern wirklich vorhalten sollte, dass sie nicht gut gegessen hatten, sich manchmal zankten, einer beim wilden Spielen mal in die Hose gepinkelt hatte, ein anderer gerne Kraftausdrücke benutzte.

Doch als ich den bärtigen Kopf hob, fing schon ein kleines hageres Mädchen heftig zu weinen an. Selbst der mollige, freche Wolfgang, den ich kannte, machte ein ängstliches Gesicht. Da schlug ich das Buch zu und behauptete, dass ja nur Gutes über die Kinder darin stünde, freute mich und wollte nun auch das kleine Mädchen aufmuntern. Dass man nicht immer artig sein konnte, wusste »der Weihnachtsmann« nur zu gut. Hauptsache, sie wollten sich bessern.

Ja, das wollten sie. Aber das kleine Mädchen weinte immer noch. Ich ging scherzend zu ihm hin, um es etwas zu kitzeln. Da lachte es durch dicke Tränen. Aber dann machte ich einen großen Fehler. Ich fragte die Kleine nach ihrem Weihnachtswunsch.

Sie flüsterte mir ins Ohr: »Eine schöne Puppe.«

Die würde sie bekommen, versprach ich.

Ach, wie sie sich freute!

Anschließend sangen die Kinder noch zwei Lieder, darunter auch: »O du fröhliche«.

Dann durfte »der Weihnachtsmann« gehen.

Ich war unzufrieden. Das war keine sehr fröhliche Weihnachtsfeier. Und das weinende Lenchen?

Wie konnte der Weihnachtsmann ihr eine Puppe versprechen?

Ihr Vater war gefallen. Die Mutter konnte sicher keine kaufen. Schöne Puppen gab es ohnehin kaum noch.

Ich überredete meine Zwillingsschwester – sie war eine Leseratte –, und sie gab für etliche Bücher eine ihrer schönsten Puppen her und ihre Puppenwiege dazu, die ich auffrischte und am Heiligen Abend dem Lenchen brachte.

Lenchens Freude war riesengroß und die Mutter von Herzen dankbar.

* * *

Drei Jahre später bin ich heimgekehrt als Kriegsversehrter und Lungenkranker. Da hat die Mutter ihr Lenchen losgeschickt, damit sie mir zwei Eier vor die Haustür legen sollte. Das war der Beginn einer Rettungsaktion für mich, den Tbc-Kranken. Viele Monate lang lag immer wieder Essbares vor der Küchentür: mal zwei Eier, mal ein Kännchen mit Milch, dann ein Ende Wurst, auch ein Stück Brot. Es war im Hungerjahr 1946. Vielleicht haben diese Gaben dem »kranken Weihnachtsmann« zur Genesung verholfen. Ich glaube es heute noch.

HANS FALLADA

Weihnachts-Schlachte-Gruß

[An die Schwester Margarete Bechert]

Carwitz, am 13. Dezember 1939
Post Feldberg/Meckl.

Liebe Dete,
schönen Dank für Deinen langen Brief! Da wir aber grade das Schlachten hinter uns haben und da wir am Freitag eine Fuhre mit nicht weniger als neunzehn Paketen und Päckchen nach Feldberg senden, musst Du uns schon erlauben, Dein Verbot zu übertreten, und Euch wenigstens diesen kleinen Weihnachts-Schlachte-Gruß zu übersenden. Viel ist es doch nicht, und wenn alle Deine Kinder um den Tisch sitzen, wird es kaum zu einem Abendessen reichen! Also bitte keine Revanchegelüste! Aber ein fröhliches Fest Euch allen, es ist doch schön, dass Ihr wenigstens zusammen feiern könnt.

Bei uns werden schon die Lütten für die nötige Feststimmung sorgen. Die Mücke ist schon voll der schönsten Weihnachtserwartungen, und am Montag fährt Suse nach Berlin, um Uli zu holen und noch ein bisschen ihre Einkäufe zu ergänzen. Träume aber nicht davon, dass es etwa in Berlin besonders viel gäbe. Das denkt man immer von den andern Orten, aber es ist überall wohl dasselbe. Suse hat noch ein bisschen »Freies« wie Seidentaft erwischt, im Übrigen haben wir aber unsere Wünsche im Rahmen der Möglichkeiten gehalten. Ich kriege eine fürchterliche Menge neuer Bücher, dann gibt es eine schöne echte Brücke und einen neuen Radio-Apparat – unsere großen Schallplattenwünsche sind leider an der Bestimmung, dass man für jede neue Schallplatte eine alte abliefern muss, gescheitert. Aber auch ohne all dies wird das Fest schon hübsch werden. [...]

In der letzten Woche haben wir also geschlachtet, trotzdem es diesmal nur ein Schweinchen gegen sonst zweie war, war es doch wieder eine ziemliche Schlacht. Heute ist nun großer Waschtag, all die blutige Schlachtewäsche wird erledigt. Und dann geht es so richtig mit den Weihnachtsvorbereitungen los! Suse graut noch ein bisschen vor alldem, was sie erledigen muss, während ich hiermit meinen letzten Weihnachtsbrief tippe und außer irgendwelchen gleichgültigen Korrekturen gar keine weitere Fest-Arbeit vorhabe. Es wird also schon alles klappen. [...]

Jetzt ist es bei uns tüchtig kalt geworden, was uns noch nicht ganz passt, denn nun haben wir wegen Einfrierens unsere Gartenwasserleitung abstellen müssen und sind auf unsere Hausleitung angewiesen, die seit Erschöpfung des alten und Bohren eines neuen Brunnens nur stark eisenhaltiges Wasser abgibt. Wir haben zwar mit unendlicher Mühe doch noch vor etwa sechs Wochen (nach halbjähriger Warte- und Kampfzeit) eine Enteisungsanlage bekommen, nachdem uns die Militärverwaltung »unsere« enteignet hatte, aber sie enteisent nicht, und der Kampf beginnt jetzt von neuem, während Suse über ihre vergilbende Wäsche stöhnt. Das sind die Leiden eines Hausbesitzers auf dem Lande!

Unser Schweinestall ist schon wieder komplett, drei Ferkelchen sind dort eingezogen, hoffentlich kriegen wir sie auch satt, denn seit dem 1.12. gibt es auch Futtermittelkarten, d.h. die gibt es noch nicht, sind noch immer nicht ausgegeben, aber ohne Karte gibt es kein Futter. – Auch mit Hühnern sind wir gesegnet, die Guten legen sogar, freilich bleiben sie jetzt im Dezember immer um ein Wochenei hinter dem zurück, was uns auf Karte zustände, aber sie besinnen sich hoffentlich noch, ehe sie alle an der Lebertuberkulose, von der sie befallen sind, dahingerafft werden. Kompliziert ist das Leben geworden! Habt Ihr dort noch Gänse? Ich meine die mit Flügeln, von den andern gibt es viel zu viel. Wobei mir einfällt, dass uns unsere »Stütze« in einer Woche verlässt. Wir mussten sie etwas zu viel stützen, außerdem war sie wirklich magisch doof. Aber zum 1.1. bekommen wir wieder eine neue, diesmal eine Hertha aus Schlesien! Gebe Gott, der Allmächtige! Also, ich wollte mir noch immer drei oder vier oder fünf Gänse kaufen, aber sie sind alle fort, es gibt keine Gänse mehr, weiß der Himmel, welch schleichendes Übel sie dahingerafft hat! Ich wäre direkt froh über eine eigene Gänsezucht gewesen. Jetzt grübele ich darüber, ob ich mir noch eine Karnickelei zulege. Was macht Ihr mit Eurer Einheitsseife? Duftet sie auch so gut? Ich reiche zwölf Tage mit meinem Monatsstück! Ich habe schon vorgeschlagen, dass man es aufgibt, entweder die untere oder die obere Hälfte zu waschen! Für was wäret Ihr?

Ich bin jetzt heillos verquatscht, was Ihr wohl schon gemerkt habt. Das machen die vielen Weihnachtsbriefe. Darum nichts schneller als Schluss. Alles Gute Euch, ein vergnügtes Fest wünschen

Eure Carwitzer

Zeitzeugen erinnern sich

Es gab fast nichts zu kaufen

Während des Krieges habe ich ein oder zwei Weihnachtsfeste mit meiner Mutter alleine verbracht. Mein Vater war als Soldat im Krieg und auch mein älterer Bruder war eingezogen worden. Ganz alleine waren Mutter und ich allerdings nicht, weil wir mit den Großeltern – den Eltern meiner Mutter – in einem Haus wohnten, in Wuppertal. Außerdem wohnte in dem Mietshaus noch ein Ehepaar. Die Frau war Bäckerin von Beruf. Durch die Beziehung zu dieser Bäckerin kamen meine Mutter und Oma an Zutaten, um Plätzchen backen zu können. Das war ja damals sonst kaum möglich in den Städten. Es sei denn, man hatte Beziehungen

– so wie wir. Nur so bekam man die besonders begehrten Sachen und Lebensmittel. Ich weiß noch, dass unsere Nachbarin der Mutter und der Oma auch beim Backen half oder ihnen Tipps dazu gab. Bei uns gab es also, trotz des Krieges, Plätzchen zur Weihnachtszeit.

Mit den Weihnachtsgeschenken sah es da schon schwieriger aus. Irgendetwas wünschen konnte man sich sowieso nicht – es war unmöglich, spezielle oder ausgefallene Weihnachtswünsche zu erfüllen. Es gab ja fast nichts zu kaufen. Ich erinnere mich, dass ich einmal zu Weihnachten eine Puppe mit Porzellankopf und einen Puppenwagen geschenkt bekam. Beides war gebraucht – ganz klar. Der Puppenwagen war ein bisschen defekt, ein Rad schleifte am Boden, aber die Auswahl war einfach begrenzt gewesen.

Meine Mutter versuchte natürlich, mir trotzdem zu Weihnachten immer eine Freude zu machen. Im Jahr darauf sorgte sie dafür, dass ich für den Puppenwagen eine neue Decke bekam und für meine Puppe ein neues Mützchen. In solchen Angelegenheiten hat man sich damals gegenseitig geholfen. Die eine konnte stricken, die andere konnte ein wenig nähen, eine andere konnte wiederum basteln – alle hatten irgendeine Begabung. Und so haben sich die Frauen im Krieg oft gegenseitig unterstützt.

Unmittelbar nach dem Krieg hatte sich die Situation nicht verändert. Noch immer konnte man nicht einfach in ein Geschäft gehen und nach Belieben einkaufen. Sowohl bei Weihnachtsgeschenken als auch bei Weihnachtsschmuck war Kreativität angesagt. An ein Weihnachtsfest erinnere ich mich in diesem Zusammenhang ganz besonders. Es war das Jahr 1945 oder 46. Meine Mutter wollte unbedingt Kerzen haben für unseren Baum. Sie war gelernte Drogistin und wusste daher, dass die Firma Motard die besten Kerzen herstellte – hochwertige Kerzen aus Stearin, die nicht tropften.

»Kind, wenn du Kerzen kaufen gehst, musst du Motard-Kerzen kaufen!«, sagte sie früher immer zu mir.

Aber diese Kerzen gab es zu der Zeit natürlich nicht. Also suchte meine Mutter nach einem Ersatz. Schon im Herbst fing sie mit ihrer Suche an. Und als ich eines Mittags nach Hause kam, war Mutter ganz glücklich.

»Ich habe Kerzen!«, rief sie stolz. »Es sind zwar keine Motard-Kerzen, aber es sind Kerzen!«

Sie berichtete mir, dass ein Händler an der Tür gewesen sei und dass sie Vaters Cognac-Flasche, die er von einem Geschäftskunden bekommen hatte, gegen die Kerzen eingetauscht habe. Vater war traurig, dass der Cognac weg war – Cognac war damals eine Rarität –, aber wir hatten Kerzen!

Am Weihnachtsmorgen erlebten wir dann allerdings eine Überraschung. Unser Weihnachtsbaum war im Wohnzimmer aufgestellt worden und dieses Zimmer wurde nur am Wochenende oder zu besonderen Anlässen geheizt. Meine Eltern hatten am Heiligabend also kräftig eingeheizt, während sie den Baum schmückten und mit den Kerzen bestückten. Es war frostig kalt draußen, aber die ganze Nacht hatte unser Anthrazit-Ofen eine wohlige Wärme verbreitet. Als ich mich am Weihnachtsmorgen in aller Frühe aus dem Bett erhob – wir mussten um fünf Uhr aufstehen, damit wir früh genug im Gottesdienst waren –, hörte ich meine Mutter plötzlich schallend laut lachen. Sie lachte gerne, das muss ich dazu sagen, und sie lachte auch immer ganz fröhlich. Jedenfalls lief ich schnurstracks ins Wohnzimmer, obwohl mir das eigentlich verboten war. Eigentlich musste ich bis zur Bescherung warten. Aber das laute Lachen meiner Mutter hatte mich nun doch neugierig gemacht. Und da stand sie, vor dem Weihnachtsbaum, und lachte und lachte. Die Kerzen am Baum sahen dagegen eher traurig aus – sie ließen zu allen Seiten ihre Köpfe hängen! Anscheinend hatten sie die Hitze des Ofens nicht vertragen.

Diesen Anblick werde ich nie vergessen: Meine Mutter, wie sie vor dem Weihnachtsbaum steht, sich ausschüttet vor Lachen und ihre Kerzen anschaut, die allesamt nach unten hängen. Vielleicht hätte sie den Cognac doch besser behalten sollen …

Aber mein Bruder und mein Vater konnten die Kerzen noch retten. Sie erwärmten sie, bogen sie in ihre ursprüngliche Form und umwickelten sie mit Zigarettenpapier. So hatten wir wenigstens eine Bescherung bei Kerzenlicht.

Und meine Mutter hatte wie so oft recht behalten: Motard-Kerzen waren die besseren Kerzen. Alles andere war einfach keine Qualität!

Frau F. aus Wuppertal, Jahrgang 1938

Ein unerfüllter Weihnachtswunsch

Als Kind habe ich mir jahrelang einen Hund zu Weihnachten gewünscht, einen lebendigen Hund. Den habe ich leider nie gekriegt, obwohl das mein allergrößter und sehnlichster Weihnachtswunsch war. Stattdessen schenkten mir meine Eltern zu einem Weihnachtsfest einen Stoffhund, den ich Schuftel nannte. Schuftel war relativ groß, ein Foxterrier. Auch wenn ich meinen Schuftel herzlich liebte und mich viel mit ihm beschäftigte, auch wenn er mir ein wirklich treuer Freund war – er war nur ein Ersatz.

Was ich zu dem Zeitpunkt noch nicht wusste: Ich würde niemals einen eigenen »echten« Hund besitzen. Denn dann brach der Krieg aus …

Hunde oder andere Haustiere hätten wir bei den Luftangriffen nicht mit in den Keller nehmen können – das wäre eine Katastrophe geworden. Die wären vor Angst gestorben, wenn die Bomben fielen! Also haben fast alle Leute, die in der Stadt lebten, ihre Tiere abgeschafft. Während des Krieges hatte man andere Sorgen, als sich um Haustiere zu kümmern … Man musste schauen, dass man selber genug zu essen hatte, da konnte man nicht auch noch Tiere durchfüttern. Wenn man hungrig ist, denkt man doch erstmal an sich, oder?! Das klingt zwar egoistisch, aber im Krieg war das einfach so. Daher gab es nur wenige Haustiere in den Städten. Es war einfach eine Notzeit.

Außerdem sagte meine Mutter immer: »Die ersten drei Wochen bist du begeistert von einem Hund, danach darf ich mit dem Viech« – so ihre Worte – »spazieren gehen.« Was wahrscheinlich auch gestimmt hätte. Und wie gesagt, im Krieg waren wir wirklich froh, dass wir selber irgendwie über die Runden kamen. Da war gar keine Rede mehr davon, einen Hund anzuschaffen.

Wie gut, dass ich wenigstens meinen Schuftel hatte!

Frau H. aus Wuppertal, geboren in Dresden, Jahrgang 1932

Gehungert haben wir nie

Bei uns in Oberfranken, wo ich aufgewachsen bin, gab es immer viel Schnee im Winter. In einem Jahr lag der Schnee sogar drei Meter hoch! Ich kann mich an einen Winter im Krieg erinnern, als ich täglich einen weiten Weg zur Schule gehen musste. Es hatte wieder einmal kräftig geschneit. Eigentlich hätte ich dringend neue Schuhe gebraucht, doch die gab es damals – zu Kriegszeiten – nicht einfach zu kaufen. Also zog ich ein abgetragenes Paar meiner Mutter an. Aber diese alten Schuhe konnten meine Füße nicht vor der Kälte des Schnees schützen und ich erfror mir den rechten kleinen Zeh …

Ansonsten versuchten wir, uns draußen warmzuhalten mit Wintermänteln, selbst gestrickten Mützen und selbst gestrickten Handschuhen. Im Haus war es nur in der Wohnküche warm. Dort stand der Holzofen, mit dem wir heizten und auf dem meine Mutter kochte. An Weihnachten wurde in dieser Ofenröhre auch die Gans gebraten. Im Schlafzimmer gab es dagegen keinen Ofen. Es wurde damals eiskalt geschlafen. Das war normal. Und in dem kleinen Zimmer unter dem Dach, welches ich später bewohnte, war zwar ein kleiner runder

Ofen, aber der wurde bloß selten geschürt. Man musste ja auch an solchen Sachen sparen.

Das Holz zum Heizen holten wir entweder aus dem Wald – dafür war mein Vater zuständig, aber der war während des Krieges nicht zu Hause – oder wir kauften es in Metern. Bei uns im Ort lebte eine Familie, die eine Kreissäge besaß und die damit von Haus zu Haus zog, um für die anderen Dorfbewohner das Holz zu sägen. Wir mussten zwar für diesen Dienst bezahlen, hatten dann aber genügend Brennholz für unseren Ofen. Nur hacken mussten wir die Holzklötze noch selber.

In der Adventszeit konnten wir trotz des Mangels, der in den Kriegsjahren herrschte, Plätzchen backen. Es waren einfache eckige Plätzchen – Kekse sagten wir dazu –, die meine Mutter meistens alleine, manchmal mit meiner Hilfe machte. Dadurch, dass die Oma Landwirtschaft hatte, standen uns auch während des Krieges Zutaten für die Weihnachtsbäckerei und für die täglichen Mahlzeiten zur Verfügung. Gehungert haben wir nie.

Und einen Christbaum hatten wir ebenfalls jedes Jahr. Ich glaube, der wurde immer oben aufgestellt in diesem kleinen Zimmer, das später mein Zimmer werden sollte. Meine Mutter schmückte den Baum mit Glaskugeln und Lametta. Beides mussten wir nicht kaufen, da der Weihnachtsschmuck von Jahr zu Jahr aufgehoben und wiederverwendet wurde. Heutzutage geht es ja nach der Mode: Dieses Jahr ist die eine Farbe modern, im nächsten Jahr eine andere Farbe. Das hat es früher nicht gegeben, überhaupt nicht.

Im Krieg war der Pfarrer unserer Kirchengemeinde in Gefangenschaft. Ich weiß gar nicht mehr, wie wir damals Weihnachten in der Kirche gefeiert haben und ob es überhaupt einen Weihnachtsgottesdienst gegeben hat. Aber eines weiß ich noch genau: An jedem Heiligabend kam unsere Oma, die Mutter meines Vaters, zu uns. Da sie drei Kinder hatte – meinen Vater und seine zwei Schwestern –, war es so üblich, dass sie am Heiligabend zu uns kam und an den anderen Feiertagen ihre beiden Töchter besuchte. Durch den Besuch meiner Oma war der Heilige Abend in unserer Familie der Tag, an dem wir das Weihnachtsfest begingen.

Wenn ich daran denke, was meine Mutter an diesem Tag alles leisten musste: Sie kochte die Knödel, bereitete den Festbraten zu, richtete die wenigen Geschenke her, schmückte den Christbaum, wusch das Geschirr ab und kümmerte sich um unseren Weihnachtsgast. Ich staune heute noch, wie sie das alles geschafft hat. Aber es ging! Man wundert sich heute, wie das ging. Zumal unser Wohnhaus sehr, sehr klein war und sich das gesamte Leben in der Wohnküche abspielte. Dort hat meine Mutter an Heiligabend stundenlang gewerkelt. Und in der

Wohnküche wurde außerdem Heiligabend gefeiert, dort fand die Bescherung statt.

Na ja, Bescherung ist eigentlich nicht der richtige Ausdruck. So arg viel hat es bei uns nicht gegeben … Meine Eltern, das heißt meine Mutter, hatte gar kein Geld, um großartige Geschenke zu kaufen. Als 1939 der Krieg ausbrach, war der Vater schon weg – eingezogen als Soldat und später dann in Gefangenschaft. Insgesamt zehn Jahre war mein Vater nicht da und damit gab es in unserer Familie auch keinen Brotverdiener. Also wurde Weihnachten im kleinen Rahmen gefeiert, zumindest was die Geschenke betraf. Das ging nicht anders.

Da meine Mutter in der Landwirtschaft bei der Oma, ihrer Mutter, arbeitete, mussten wir, wie gesagt, nie hungern. Auf dem Hof der Oma wurden verschiedene Tiere aufgezogen und gehalten – Hühner, Gänse, Enten, Kaninchen und Schweine. Und im Garten bauten wir Obst und Gemüse an – wie Zwiebeln, Karotten, Kartoffeln, Erbsen, Bohnen, Johannisbeeren und einiges mehr. Davon haben wir dann freilich viel eingelegt und eingemacht. So konnte die Mutter auch zu Weihnachten ein richtiges Festessen auftischen: Gänsebraten mit Knödeln und Blaukraut. Das ist noch heute ein typisches Weihnachtsessen in Oberfranken. Die Gans hatten wir übrigens vorher selber geschlachtet. Tiere zu schlachten empfand man damals überhaupt nicht als schlimm. Man brauchte sie einfach, sonst wäre man verhungert. Kein Mensch dachte daran, dass das Schlachten, also das Töten von Tieren, eine schlimme Sache sein könnte.

Zum Schluss noch ein Gedanke zum Weihnachtsfest: Wir – meine Familie und ich – sind immer kirchentreue, gläubige Leute gewesen. Nicht extrem, aber gläubig. Und daher war mir schon als Kind bewusst, warum Weihnachten gefeiert wird: dass an diesem Feiertag an die Geburt Jesu gedacht wird. Das wusste ich, das wussten wir ganz genau – vielleicht mehr als die Menschen heutzutage. Der wahre Grund von Weihnachten war uns bekannt und er war uns wichtig. Die Geschenke standen nicht an erster Stelle.

Frau T. aus Lich, aufgewachsen in Oberfranken, Jahrgang 1934

HELMUT SCHMIDT

Über Weihnachten – Im Gespräch mit Giovanni di Lorenzo

Ich habe einen Vortrag gefunden, den Sie 1997 in der Hamburger Katharinenkirche gehalten haben. Darin sagen Sie: »Ich brauche das Vaterunser, die Zehn Gebote, die Kirchenmusik und den Choral.« Besinnen Sie sich zu Weihnachten wirklich auf das Christentum?

Nicht nur zu Weihnachten, aber das Fest ist ein Anlass. Ich erinnere mich an einen sehr schönen Weihnachtsspaziergang mit Loki. Wir waren jung verheiratet, es war Krieg, und ich hatte Heimaturlaub. Wir gingen von der Wohnung meiner Eltern in Eilbek zu Fuß rüber nach Barmbek, wo wir unsere Wohnung hatten. Als wir den Kanal überquerten, ertönten von der Eilbeker Kirche drei Trompeten. Sie bliesen »Vom Himmel hoch, da komm' ich her«. Das hat mich sehr bewegt. Es ist immer noch in meinem Gedächtnis. (Schweigt lange)

Wie sah denn in Ihrer Jugend ein typisches Weihnachtsfest bei armen Leuten aus?

Meine Großeltern väterlicherseits waren sehr arm. Sie hatten einen kleinen Weihnachtsbaum mit Lichtern, und am Heiligen Abend gab es ein außergewöhnlich gutes Essen. Mein Großvater arbeitete im Hafen, meistens am Sandtorkai – da, wo jetzt die Hafencity gebaut wird. Beim Verladen der Waren ging immer mal etwas zu Bruch, offiziell aus Versehen, und dann konnte jeder von den Arbeitern einen Zampelbütel voll Apfelsinen, Bananen oder Sardinen-Büchsen mit nach Hause bringen. Zu Weihnachten gingen besonders viele Kisten kaputt.

Nehmen Sie an, dass die Chefs das wussten?

Ich glaube, das wurde geduldet, das war sozusagen Deputat. Zu Hause wurde dann alles auf dem Abendbrottisch aufgebaut, und Opa sagte: »Eet ji datt man allns op; betolen mööt ji datt doch!« Das müsst ihr alles aufessen; bezahlen müsst ihr es sowieso!

LOKI SCHMIDT
Über Weihnachten – Im Gespräch mit Reiner Lehberger

[…] **Und wie war das Weihnachtsessen in Ihrer Kindheit?**

Zu meinen Kinderzeiten, als mein Vater wieder Arbeit hatte, gab es dann auch mal eine Gans, Gänseschmalz auf Schwarzbrot erinnere ich noch deutlich, das gab es dann noch nach Weihnachten, und es war für alle ein Genuss! Aber natürlich war es auch ein Vergnügen, sich mal so ein richtig schönes, großes, knuspriges Gänsebein einzuverleiben.

Gab es bei der Familie Glaser in den zwanziger und dreißiger Jahren eine Bescherung unterm Weihnachtsbaum?

Jein. Ich bin ja nicht getauft worden. Meine Eltern sind nicht in der Kirche gewesen, und ich muss ehrlich sagen – daran hat mich meine Mutter später erinnert –, dass mich dieser beinahe von einem Tag auf den anderen einsetzende Glitzerkram in den Geschäften etwas abgestoßen hat. Ich bin damals von der Schule nach Hause gekommen und habe mich sozusagen bei meinen Eltern beschwert über all diesen Glitzer und die Tannenzweige überall – das ist ja etwas Furchtbares! Also, da bin ich nicht ganz normal.

Und die Bescherung?

Eine Bescherung hat es bei uns gegeben, aber da gab es Dinge, die wir eigentlich schon länger gebraucht hatten. Heute macht sich ja keiner mehr klar, wie es früher – ich rede jetzt von den zwanziger Jahren des vorigen Jahrhunderts – in Arbeitshaushalten zugegangen ist. Also, es gab ein Paar Strümpfe, die man sowieso dringend benötigte, aber die waren dann hübsch hingelegt. Es gab eine Mütze oder was man sonst noch brauchte, oder auch Unterwäsche. Dazu gab es dann Äpfel und Nüsse …

Bei mir gab es in den fünfziger Jahren immer Apfelsinen auf dem »bunten Teller« …

Ja, aber ganz wenige Apfelsinen – die waren so teuer. Und in der Nazizeit gab es kaum noch Apfelsinen und Bananen, sie mussten ja eingeführt werden. Meine erste Banane nach dem Krieg, das war 1946 oder 1947, das weiß ich nicht mehr … Nein, 1946/47 wohl doch noch nicht; wahrscheinlich 1948 nach der Währungsreform. Die Jahre bis zur Währungsreform waren so anders als heute, dass die Jüngeren wahrscheinlich meinen, man erzähle Märchen. Es gab kaum etwas zu kaufen in den Geschäften, auch zu Weihnachten nicht, aber die Leute hatten auch kein Geld.

Können Sie sich an das erste Weihnachten nach 1945 erinnern?

Nach 1945? Nein, ich kann mich nicht daran erinnern. Ich kann mich wohl erinnern an Weihnachten 1942 – es war mitten im Krieg, und Helmut hatte Urlaub. Wir bewohnten eine große Wohnung, die Besitzer dieser Wohnung waren im Warthegau oder in einem dieser besetzten Gebiete. Und dann sind wir in unserem Stadtteil im Dunkeln spazieren gegangen, an einer Kirche vorbei, und plötzlich ertönte oben vom Kirchturm eine Trompete, ein richtig guter Trompetenspieler. Wir sind stehen geblieben und haben – ich will nicht sagen andächtig, aber jedenfalls, obwohl ja Krieg war, innerlich sehr friedlich und nur dem Augenblick zugewandt – in den Himmel geguckt und lange diesem Trompetenspiel zugehört. Das war ein beeindruckendes Erlebnis, das wir beide heute noch sehr gut erinnern.

MARTIN LUTHER

Vom Himmel hoch, da komm' ich her

Vom Himmel hoch, da komm' ich her,
ich bring' euch gute neue Mär,
der guten Mär bring' ich so viel,
davon ich sing'n und sagen will.

Euch ist ein Kindlein heut' geborn
von einer Jungfrau auserkorn,
ein Kindelein so zart und fein,
das soll eu'r Freud und Wonne sein.

Es ist der Herr Christ, unser Gott,
der will euch führn aus aller Not,
er will eu'r Heiland selber sein,
von allen Sünden machen rein.

Er bringt euch alle Seligkeit,
die Gott der Vater hat bereit',
dass ihr mit uns im Himmelreich
sollt leben nun und ewiglich.

So merket nun das Zeichen recht:
Die Krippe, Windelein so schlecht,
da findet ihr das Kind gelegt,
das alle Welt erhält und trägt.

Des lasst uns alle fröhlich sein
und mit den Hirten gehen hinein,
zu sehn, was Gott uns hat beschert,
mit seinem lieben Sohn verehrt.

Merk auf, mein Herz, und sieh dorthin!
Was liegt dort in dem Krippelein?
Wes ist das schöne Kindelein?
Es ist das liebe Jesulein.

Sei mir willkommen, edler Gast!
Den Sünder nicht verschmähet hast
und kommst ins Elend her zu mir,
wie soll ich immer danken dir?

Ach, Herr, du Schöpfer aller Ding,
wie bist du worden so gering,
dass du da liegst auf dürrem Gras,
davon ein Rind und Esel aß!

Und wär' die Welt vielmal so weit,
von Edelstein und Gold bereit',
so wär' sie doch dir viel zu klein
zu sein ein enges Wiegelein.

Der Sammet und die Seide dein,
das ist grob Heu und Windelein,

darauf du König groß und reich
herprangst, als wär's dein Himmelreich.

Das hat also gefallen dir,
die Wahrheit anzuzeigen mir:
Wie aller Welt Macht, Ehr und Gut
vor dir nichts gilt, nichts hilft noch tut.

Ach, mein herzliebes Jesulein,
mach dir ein rein sanft Bettelein,
zu ruhen in meins Herzens Schrein,
dass ich nimmer vergesse dein.

Davon ich allzeit fröhlich sein,
zu springen, singen immer frei
das rechte Susaninne schon,
mit Herzenslust den süßen Ton.

Lob, Ehr sei Gott im höchsten Thron,
der uns schenkt seinen ein'gen Sohn.
Des freuet sich der Engel Schar
und singet uns solch neues Jahr.

ECKHARD MÜLLER

Später Besuch

Es war Anfang Dezember 1945. Der zweite Weltkrieg hatte sein Ende gefunden. Seit einem halben Jahr schwiegen die Waffen. Wir erwarteten das erste friedliche Weihnachtsfest seit sechs Jahren.

Das Leben hatte sich zunehmend normalisiert. Obwohl die Menschen in unserer ländlichen Gegend nicht in so hohem Maße unter dem Bombenterror zu leiden brauchten wie die Menschen in den Städten, war auch hier der Kriegsschrecken nicht spurlos vorübergegangen. Nun hieß es, zusammenrücken, denn der Strom von Flüchtlingen und Obdachlosen aus den Ostgebieten und aus den Großstädten hielt an. Wer noch ein Zimmer oder eine Kammer in seinem Hause zur Verfügung stellen konnte, nahm eine Flüchtlingsfamilie bei sich auf. Es gab eine für heutige Verhältnisse unvorstellbare Solidarität. Das wenige, das man selber noch besaß, wurde geteilt mit denen, die alles verloren hatten.

Unser kleines Fachwerkhaus, das ich mit meinen Eltern und meiner Großmutter bewohnte, teilten wir seit den letzten Kriegstagen mit einem älteren Ehepaar. Es waren entfernte Verwandte, und sie hatten in einer Bombennacht ihre ganze Habe verloren. Nun waren sie froh, bei uns wenigstens wieder ein Dach über dem Kopf gefunden zu haben.

Die Militärregierung der Siegermächte hatte die zivile Verwaltung in ihre Hand genommen und somit Gesetz und Ordnung wiederhergestellt. Trotzdem waren die Zeiten noch sehr unruhig. Immer wieder machten umherstreunende Banden von sich reden. Es entstanden die wildesten Gerüchte. Man hörte von Gräueltaten – auch aus einigen Dörfern in unserer Gemeinde. Denn der Schutz des Gesetzes war noch nicht überall gewährleistet.

Diese umherziehenden Gruppen setzten sich zum großen Teil aus ehemaligen Kriegsgefangenen und Zwangsarbeitern aus Osteuropa zusammen. Nach Wiedererlangung ihrer Freiheit waren viele von ihnen nicht mehr gewillt oder in der Lage, in ihre Heimat zurückzukehren. Was man ihnen nicht freiwillig gab, nahmen sie sich mit Gewalt. Dabei kam es auch verschiedentlich zu Übergriffen und Racheakten gegenüber ihren früheren Unterdrückern. Nach Einbruch der Dunkelheit war es ratsam, Fenster und Türen gut zu verschließen. Wer draußen noch irgendeine Arbeit zu verrichten hatte, trug Sorge, sich nicht allzu weit von den schützenden Häusern zu entfernen.

Es war an einem solchen Abend in der Vorweihnachtszeit, ich glaube, es war am Abend des zweiten Advent. Meine Eltern waren eben mit der Stallarbeit fertig geworden und wir schickten uns an, das Abendbrot zu essen, als plötzlich an unsere Haustür geklopft wurde. Mein Vater begab sich nach draußen, um nachzuschauen. Neugierig gesellte ich mich zu ihm. Ich war damals neun Jahre alt.

Da stand in der Dunkelheit ein gutes Dutzend Männer. In gebrochenem Deutsch baten sie um ein Quartier für die Nacht.

Zögernd ließ mein Vater sie eintreten. Nachdem sie in unserer Wohnstube Platz genommen hatten, konnten wir sie im Scheine der Lampe näher betrachten. Sehr vertrauenserweckend sahen sie nicht aus. Das Leben auf der Landstraße hatte sie gezeichnet.

Während meine Mutter das Abendbrot zubereitete, versuchte mein Vater etwas über das Schicksal der Männer zu erfahren. Nach der einfachen, mit wenigen Mitteln zubereiteten, aber kräftigen Mahlzeit wurde beratschlagt, wie und wo man die Männer für die Nacht unterbringen könnte.

Im Hause selber war es, nicht zuletzt durch unsere Verwandten als neue Mitbewohner, ziemlich eng geworden. Also blieb nur noch die Scheune. Im Scheunenanbau befand sich der Holzschuppen, dort lagerte auch das Heu als Wintervorrat für unsere beiden Kühe. Hier im Heu richteten nun meine Eltern mit allerlei Decken und alten Mänteln ein warmes und bequemes Nachtlager her. Unsere alte Petroleumlampe sorgte für die nötige Helligkeit.

Kurz vor dem Schlafengehen entschloss sich mein Vater zu einem »Kontrollgang«, wie er sich ausdrückte. Es ließ ihm nämlich keine Ruhe, ob sich unsere Gäste auch an die Abmachung gehalten hatten, wegen der großen Brandgefahr auf das Rauchen zu verzichten. Meine Mutter bat mich mitzugehen. Im Beisein eines Kindes – so meinte sie – wäre mein Vater sicherer vor eventuellen Übergriffen.

Als wir den Holzschuppen betraten, bot sich uns im Schein der Laterne ein Bild, das ich bis heute nicht vergessen habe: Da hatte sich ein Teil der Männer unserer Sägen bemächtigt und sie schnitten nun die schweren Stämme, die hier als Brennholz lagerten, in Ofenlänge durch. Die anderen spalteten die klobigen Klötze mit dem Beil zu handlichen Scheiten und stapelten sie auf. Das alles bereitete ihnen ein sichtliches Vergnügen, umso mehr, als sie nun unsere ungläubigen und erstaunten Blicke sahen. Sie erklärten, das sei nur ein kleiner Dank für die freundliche Aufnahme.

Am anderen Morgen sind sie dann nach einem guten Frühstück – nicht ohne ein großes Butterbrotpaket, das jeder von ihnen zum Abschied in die Hand gedrückt bekam – weitergezogen, einer ungewissen Zukunft entgegen.

Viele Jahre sind seitdem ins Land gegangen, doch immer wieder muss ich an jenen Dezemberabend denken, an dem die Angst, die Voreingenommenheit und das Misstrauen besiegt wurden durch ein wenig Menschenfreundlichkeit.

»Welch ein Jubel, welch ein Leben«

Erinnerungen an das Weihnachtsfest

KARL FRIEDRICH SPLITTEGARB

Morgen, Kinder, wird's was geben

Morgen, Kinder, wird's was geben,
morgen werden wir uns freun!
Welch ein Jubel, welch ein Leben
wird in unserm Hause sein!
Einmal werden wir noch wach,
heißa, dann ist Weihnachtstag!

Wie wird dann die Stube glänzen
von der großen Lichterzahl,
schöner als bei frohen Tänzen
ein geputzter Kronensaal.
Wisst ihr noch vom vor'gen Jahr,
wie's am Weihnachtsabend war?

Wisst ihr noch mein Räderpferdchen,
Malchens nette Schäferin,
Jettchens Küche mit dem Herdchen
und dem blankgeputzten Zinn?
Heinrichs bunten Harlekin
mit der gelben Violin?

Wisst ihr noch den großen Wagen
und die schöne Jagd von Blei?
Unsre Kleiderchen zum Tragen

und die viele Nascherei?
Meinen fleiß'gen Sägemann
mit der Kugel unten dran?

Welch ein schöner Tag ist morgen,
viele Freuden hoffen wir!
Unsre lieben Eltern sorgen
lange, lange schon dafür.
O gewiss, wer sie nicht ehrt,
ist der ganzen Lust nicht wert!

ASTRID LINDGREN

Ein Weihnachten in Småland vor langer Zeit

[...] Doch jetzt will ich von Weihnachten 1913 erzählen, oje, wie lange ist das her! Gunnar, mein Bruder, war damals sieben Jahre alt und ging schon in die Schule. Stina war erst zwei, und Ingegerd, das Nesthäkchen, war noch gar nicht geboren. Darum waren es nur Gunnar und ich, die Papa begleiten konnten, als er am Tag vor Heiligabend in den Wald wollte, um uns einen Weihnachtsbaum zu holen.

Papa wollte uns nicht dabeihaben! Aber wir hatten so lange gequengelt, bis er schließlich sagte: »Also los, dann kommt mit! Aber ich möchte kein Gejammer hören, wenn wir durch Schnee stapfen müssen, der bis über die Knie geht!«

Haha, wofür hielt er uns? Wir und wegen ein bisschen Schnee jammern! Aber Schnee bis über die Knie, das ist eine mühsame Sache, das kann ich euch sagen! Wir stapften und stapften und stapften. Auf einem verschneiten, schmalen Weg, der tief in den Wald hineinführte. Und immer öfter fragte ich mich, ob das alles nicht reineweg rappelköpfisch war, so sagten wir daheim für verrückt – rappelköpfisch!

Wie ich da so ein gutes Stück hinter Gunnar herging, sang ich ganz leise vor mich hin. »Es wandert unter Tränen dort / allein an diesem finstren Ort.« Ja, so war es, auch ich wanderte unter Tränen dort! Ich weinte und weinte mit jedem Schritt mehr. Ach, wenn doch nur Mama hier wäre und mich trösten könnte! Jetzt konnte ich vor Weinen nicht mehr singen, und ich dachte auch an die schreckliche Fortsetzung des Liedes: »Nein, hier in Finsternis und Not / holt mich gewiss alsbald der Tod!« Ich wusste es ja, das Ganze war ganz und gar rappelköpfisch, und warum war ich bloß mitgegangen? Papa und Gunnar, die beiden waren nicht mehr zu sehen, hatten sie mich hier einfach allein gelassen? Ich schrie los, schrie gellend laut, und das klang so unheimlich im Wald, wo es doch so still war.

Plötzlich aber guckte Gunnar hinter einer Tanne hervor.

»Wieso heulst du denn?«, fragte er.

Da schämte ich mich.

»Ich hab an was Trauriges denken müssen«, sagte ich.

»Dummerchen«, sagte Gunnar. »Komm und guck dir den Weihnachtsbaum an, den Papa für uns gefällt hat.«

Und dann gingen wir nach Hause. Papa trug die Tanne, es war ein schöner Baum.

Wir gingen und gingen, und ich war schrecklich müde. Doch dann – ganz plötzlich – sah ich mitten im Schnee unser rotes Haus. Es war genau wie in dem Lied: »Und alles war, wie's jeher war, / das Haus, der Vater immerdar.« Sicherheitshalber fragte ich Papa: »Ist Haus und Wohnstatt eigentlich dasselbe? Ist das da meines Vaters Wohnstatt?«

»Na, gewiss doch«, sagte Papa. »Aber da wohnt doch auch deine Mutter. Und auch ihr Kinder dürft ja da wohnen. Falls ihr nicht zu viel Krach macht.«

Papa stellte den Weihnachtsbaum neben die Küchentreppe, und dann gingen wir hinein. Doch das hätten wir nicht tun sollen. Puh, igittigitt, wie sah es bloß in der Küche aus! Alle Möbel wild durcheinander, keine Läufer auf dem Fußboden, nur Schmutz, ungespültes Geschirr überall, und auf dem Herd war der Milchreis übergekocht und angebrannt, und die Küche war voller Gestank und Rauch, so dass man fast erstickte!

»Raus!«, schrie Mama, als sie uns sah. »Raus mit euch! Verschwindet!«

»Aber was macht ihr denn hier?«, fragte Papa.

»Weihnachtsputz«, sagte Signe, unsere Magd.

Gunnar und ich schnappten uns ein paar Butterbrote und einen Becher Milch und flitzten die Treppe zu unserer Bodenkammer hinauf.

Was für ein trauriges Weihnachtsfest das werden würde! Morgen war doch schon Heiligabend! Und bis dahin würden sie es nicht schaffen, dass es auch nur ein klein bisschen weihnachtlich aussah.

»Heulst du etwa schon wieder?«, fragte Gunnar.

»Tu ich nicht, damit du es nur weißt«, sagte ich. »Aber ein trauriges Weihnachten wird es, das ist mal sicher.«

Ja, das glaubte ich. Aber als wir uns am nächsten Morgen zur Küche hinunterschlichen, da blieb ich wie angewurzelt auf der Schwelle stehen und staunte nur. Wie hatte es hier nur so fein werden können, das war ja die reinste Zauberei! Neue Läufer auf den Dielen, eine Decke voll kleiner Weihnachtsmänner auf dem Tisch, weiße Kerzen in unsern roten Holzleuchtern, der Herd blitzblank und keine Spur von übergekochtem Milchreis!

»Ja, jetzt bleibt dir die Spucke weg«, sagte Gunnar.

Wir machten uns sofort daran, den Weihnachtsbaum zu schmücken, aber genau genommen machte es Papa. Doch wir, Gunnar und ich, halfen ihm dabei. Und die ganze Zeit über krabbelte Stina um uns herum und störte uns, außer wenn sie in die Küche rannte und Mama und Signe beim Kochen im Wege war.

An dem Tag aßen wir viel. Wir saßen alle um den großen Küchentisch, Mama und Papa, Gunnar, ich und Stina und Signe und dann noch Pelle und Oskar, unsere Knechte.

Nach dem Mittagessen sollte Stina schlafen, jedenfalls hatte Mama sich das so gedacht. Aber nicht

Stina. Sie war ein süßer Fratz, aber schlafen wollte sie nie. Mama legte sie in die große, hohe Korbwiege, und Gunnar und ich, wir sollten sie schaukeln, damit sie einschlief.

Aber ja, wir schaukelten. Zuerst nur ein wenig, doch als Stina nicht aufhörte zu schreien, schaukelten wir sie kräftiger und schließlich so wild, dass sie fast aus der Wiege fiel. Aber Stina schrie trotzdem.

»Halt an«, sagte Gunnar. »Wir wollen mal sehen, was sie macht, wenn sie darf, was sie selber will.« Und das kriegten wir auch gleich zu sehen. Flink wie ein Wiesel kletterte sie aus der Wiege, von da aufs Sofa, dann auf den Fußboden, und dann trabte sie zum Tisch, wo ein Glas Milch stand, und das kippte sie um. Es war für sie der größte Spaß des ganzen Tages, das war ihr anzusehen. Danach flitzte sie zurück zur Wiege, kletterte flink wie ein Wiesel wieder hinein, legte sich hin und schlief auf der Stelle ein.

Gerade da kam Mama ins Zimmer.

»Wie schön, dass sie schläft. Das habt ihr gut gemacht«, sagte sie.

Wir sagten nichts.

Heiligabend ist schon ein seltsamer Tag. Man wartet nur und wartet den ganzen Tag. Gunnar und ich schlichen uns in die gute Stube und befühlten alle Päckchen, die in dem Wäschekorb mit den Weihnachtsgeschenken lagen.

»Glaubst du, dass du ein Seligkeitsding kriegst?«, fragte mich Gunnar. Ein Seligkeitsding, das war, wenn man etwas so Wunderbares bekam, dass man ganz selig war.

»Nee, glaub ich nicht«, sagte ich. »Außer vielleicht es ist von Großmutter.«

Gunnar glaubte auch nicht, dass er ein Seligkeitsding kriegen würde. Es hieß also abwarten.

Schließlich wurde es doch Abend, und wir saßen alle um den Tisch in der guten Stube.

Mama stimmte »O du fröhliche, o du selige« an, und alle sangen mit, auch Papa, obwohl Mama immer behauptete, dass er »wilde Töne« sang.

»Aber ich höre ihn trotzdem so gern singen«, sagte sie.

Und dann las Papa aus der Bibel vor, vom Jesuskind in der Krippe und wie es damals im Judaland gewesen war.

Ob ich ein Seligkeitsding gekriegt habe? Ja, ja, ja, ich kriegte eins. Ich bekam ein Paar hellbraune Stiefel von Großmutter. Es waren die feinsten und schönsten Stiefel, die es je gegeben hatte. Ob Gunnar an diesem Heiligabend 1913 auch ein Seligkeitsding kriegte, weiß ich nicht mehr, aber ich hoffe es.

Meine Stiefel, die waren so fein, und sie passten haargenau. Und sie hatten haargenau die richtige braune Farbe.

Nach der Bescherung bekamen wir Apfelsinen und Nüsse. Mama schnitt die Apfelsinen in vier Teile. Ziemlich sauer waren sie, aber uns, die wir Apfelsinen nur Weihnachten bekamen, schmeckten sie wunderbar. Die Nüsse knackten wir im Mörser, aber viele Schalen landeten auf dem Fußboden. In der Nacht bekam Stina Bauchweh, und Papa trug sie auf dem Arm hin und her, damit Mama nicht geweckt wurde. Papa hatte keine Pantoffeln an, sondern ging barfuß, und hinterher sagte er: »Bis zum Knöchel bin ich in Nussschalen gewatet.«

Am nächsten Morgen zog ich meine Stiefel zur Weihnachtsmesse an, und halb und halb hatte ich erwartet, dass alle Leute mitten im Choral stecken bleiben würden, um meine Stiefel zu bestaunen. Aber das taten sie nicht, sondern sie sangen so laut, dass es nur so dröhnte. Und das ist die erste Frühmesse am Weihnachtstag, an die ich mich erinnern kann. Ich weiß auch noch, dass der Pfarrer auf der Kanzel so komische Wörter sagte. Ich flüsterte Gunnar zu: »Verstehst du, was der Pastor sagt?«

»Nee, wirklich nicht«, sagte Gunnar, »aber das versteht keiner.«

Am zweiten Weihnachtstag fuhren wir zum Festessen zu Großmutter, Mamas Mutter. Wir fuhren im Korbschlitten hin, und Maj und Maud, unsere Pferde, zogen uns. Papa saß oben auf dem Kutschbock und kutschierte, und da war es bestimmt sehr kalt. Mama und wir Kinder saßen im Schlitten, eingehüllt in warme Schaffelle.

Als wir ankamen, stand Großmutter schon in der Verandatür und weinte und sagte: »Ach, alle meine Kinderchen und alle meine Kindeskinderchen!«

Es war ein Glück, dass sie so viele Kindeskinderchen hatte, denn dadurch hatten wir ja so viele Cousins und Cousinen zum Spielen, und spielen, das taten wir ohne Ende.

Und wir aßen Berge, besonders vom Käsekuchen mit Kompott und Schlagsahne. Und Spaß machte es auch, Großmutters Bilder zu begucken. Am liebsten hatte ich eins, das »Jesus vor Pilatus« hieß. Jesus tat mir schon leid, aber er selber schien das ja sehr ruhig zu nehmen.

Plötzlich war es dann Abend geworden, und als Mama und ihre Geschwister »Oh, wie se…« anstimmten, wussten wir, dass die Zeit der Heimfahrt gekommen war. Onkel Albin hatte eine dunkle, schöne Stimme und Mama eine helle, klare, und alle sangen gut.

»Oh, wie selig, heimzuwandern an des Vaters sichrer Hand«, sangen sie, und es klang so schön, dass ich eine Gänsehaut kriegte.

Es war schon dunkel, als wir in den Schlitten kletterten. Aber der Himmel war sternklar, mindestens ein paar tausend Sterne. Der Schnee, der dunkle Wald und darüber die Sterne, das war schön.

Maj und Maud liefen wie wild, sie wollten nach Haus. Und das wollte ich auch. Ich sang vor mich hin, aber so leise, dass es keiner hören konnte: »Oh, wie selig, heimzuwandern in meinem feinen Stiefelpaar …«

Und auch da kriegte ich fast eine Gänsehaut.

Ja, das war Weihnachten 1913!

JOHANNES DANIEL FALK

O du fröhliche

O du fröhliche, o du selige,
gnadenbringende Weihnachtszeit!
Welt ging verloren, Christ ist geboren:
Freue, freue dich, o Christenheit!

O du fröhliche, o du selige,
gnadenbringende Weihnachtszeit!
Christ ist erschienen, uns zu versühnen:
Freue, freue dich, o Christenheit!

O du fröhliche, o du selige,
gnadenbringende Weihnachtszeit!
Himmlische Heere jauchzen dir Ehre:
Freue, freue dich, o Christenheit!

Zeitzeugen erinnern sich

Weihnachtsfreude

Zu meiner Kinderzeit war es eigentlich Tradition, dass die Bescherung am ersten Weihnachtstag stattfand, dass am Weihnachtsmorgen die Geschenke unter dem Baum lagen. Da ich aber am 25. Dezember Geburtstag habe, stellten meine Eltern diese Tradition um, als ich vier oder fünf Jahre alt wurde und wir feierten das Weihnachtsfest in unserer Familie am Heiligen Abend.

Dies war immer mit jeder Menge Aufwand verbunden. Der 24. Dezember war damals ein normaler Wochentag, an dem mein Vater zur Arbeit gehen musste. Nachmittags kam er ein bisschen früher als sonst nach Hause, gegen drei oder vier Uhr, und dann wurde alles für die Weihnachtsfeier im Familienkreis vorbereitet. Der Weihnachtsbaum musste geschmückt werden, das war immer die Aufgabe der Eltern. Lametta war als Baumschmuck Standard; aber nicht in Büscheln – jedes Lametta-Fädchen wurde einzeln über die Zweige gelegt. Das weiß ich noch so genau, weil mein Vater darauf großen Wert legte und weil der geschmückte Baum wirklich wunderschön aussah. Zusätzlich zum Lametta gab es die berühmten Weihnachtsbaumkugeln, die von Jahr zu Jahr wiederverwendet wurden, und natürlich Kerzen, Naturkerzen aus Wachs.

Während meine Eltern den Baum schmückten und die Geschenke aufbauten, hielten meine älteren Geschwister und ich uns in unserem Schlafzimmer auf. Dort war es so eisig kalt, dass wir unsere Wintermäntel tragen mussten. Die Schlafzimmer wurden zur damaligen Zeit ja nicht geheizt. Meistens las mir meine große Schwester Magdalene etwas vor oder erzählte mir eine Geschichte. So ließ sich das Warten auf die Bescherung gut aushalten!

Wenn dann das Harmonium meiner Mutter erklang, wussten wir: Jetzt geht's los! Jetzt dürfen wir das geheimnisvolle Wohnzimmer endlich betreten! Meine Mutter spielte immer das bekannte Weihnachtslied »Ihr Kinderlein kommet«; das war das Startsignal – die Bescherung konnte beginnen und wir konnten unsere Geschenke auspacken.

In diesem Zusammenhang erinnere ich mich an zwei Dinge ganz besonders. Einmal an die unbändige Vorfreude auf die Geschenke, auf den gesamten Heiligen Abend und auf die weihnachtliche Stimmung, die dann herrschte. Das war für mich stets ein Highlight, das Highlight des Jahres. Gleichzeitig war diese Weihnachtsfreude aber auch verbunden mit einer gewissen Angst. Ich hatte Angst, dass ich mein neues Spielzeug aus Versehen kaputt machen oder beschädigen könnte. Denn in diesem Fall würde es gewaltigen Ärger und eine saftige Strafe geben. Wenn bei uns irgendetwas kaputt ging, wenn beispielsweise eine Tasse runterfiel und zerbrach, war das jedes Mal eine schlimme Sache. Meine Eltern waren keine wohlhabenden Leute, wir lebten sehr einfach und sparsam als Familie. Jeder einzelne Gegenstand musste absolut schonend behandelt werden.

Diese beiden Gefühle – Freude und Angst – bestimmten die Weihnachtsfeste in meiner Kindheit. Doch glücklicherweise hat die Weihnachtsfreude das Angstgefühl immer überlagert – meine Freude über das Schöne an Weihnachten war einfach stärker.

Herr V. aus Marienheide, geboren in Wuppertal, Jahrgang 1945

Aufregung am Weihnachtsmorgen

Bei uns in der Familie war es früher grundsätzlich so – jedenfalls in meinen Kinderjahren –, dass die Bescherung am ersten Weihnachtsmorgen stattfand, nicht an Heiligabend. Und: Wir gingen am ersten Weihnachtstag in die Kirche, morgens früh um sechs. In die Wichlinghäuser Kirche, die trotz der frühen Morgenstunde sehr gut besucht war. Proppenvoll war es dort! Und ich – ich war schrecklich aufgeregt! Am Vormittag würde es ja die Bescherung geben und ich konnte es kaum erwarten, meine Geschenke in Augenschein zu nehmen. Da die Kirche brechend voll war, fanden mein älterer Bruder Paul-Gerd und ich meistens keinen Sitzplatz mehr, wir mussten den Gottesdienst im Stehen verbringen. Einmal wurde mir vom Stehen und von der Aufregung dermaßen schlecht, dass Paul-Gerd mich packte, in die Sakristei beförderte und dort auf den Taufstein setzte. So hatte ich wenigstens einen Sitzplatz, auch wenn der Taufstein sicher nicht für solche Zwecke vorgesehen war …

Meine Übelkeit ließ zwar etwas nach, aufgeregt war ich trotzdem weiterhin. Und ich musste mich weiter gedulden, bis die Bescherung endlich losgehen sollte. Denn nach dem Gottesdienst frühstückten wir erstmal eine Kleinigkeit und ich bekam eine Tasse Kakao. Danach zündeten meine Eltern die Kerzen am Weihnachtsbaum an, hübsch eine nach der anderen. Den Baum hatten sie am Heiligen Abend schon vorbereitet und mit jeder Menge Lametta behängt, der Tisch mit den Geschenken stand ebenfalls bereit – natürlich hatte Mutter eine Decke darüber gelegt.

Ich wurde immer unruhiger. Wie lange sollte das denn noch dauern? Schließlich musste ich ja auch noch die Weihnachtsgeschichte vortragen. Die hatte ich nämlich Wort für Wort auswendig gelernt. Die ganze Weihnachtsgeschichte aus dem Lukasevangelium!

Als endlich alle Kerzen brannten, stellte ich mich neben den Baum und sagte meinen Text auf. Die Eltern, Paul-Gerd, sowie meine Großeltern und meine Oma, die zu Besuch waren, standen vor dem Weihnachtsbaum, blickten mich an und lauschten mehr oder weniger aufmerksam. Ich gab mir die größte Mühe, mich auf meinen Vortrag zu konzentrieren und nicht die ganze Zeit rüber zum Gabentisch zu schielen. Keine leichte Aufgabe! Zumal die Bescherung weiterhin auf sich warten ließ.

Denn nun wurde gesungen! Wir sangen »Mit den Hirten will ich gehen«, ein altes christliches Weihnachtslied, und »Ich steh an deiner Krippen hier«. Dazu muss ich sagen: Mein Vater, meine Mutter und mein Bruder waren ausgezeichnete

Sänger. Nur ich war mit dieser Gabe überhaupt nicht gesegnet. Und Oma König, die Mutter meiner Mutter, die eine herzensgute Frau war, sang ganz fürchterlich. Aber sie sang – genauso wie ich – sehr gerne und wollte an Weihnachten unbedingt noch die Lieder »Stille Nacht, heilige Nacht« und »O du fröhliche« mit uns anstimmen. Also folgten wir ihrem Wunsch und Oma König sang. Laut, herzhaft und absolut falsch sang sie. Da konnte Paul-Gerd nicht mehr an sich halten, er prustete los und auch ich konnte mir das Lachen nicht verbeißen. Doch die anderen ließen sich von unserem Gelächter nicht unterbrechen; die Weihnachtslieder gehörten einfach zur Zeremonie, und diese Zeremonie wurde durchgezogen.

Als der letzte Ton verklungen war, atmete ich auf. Das Tuch wurde vom Gabentisch gezogen und jetzt durfte ich gucken, welche Geschenke es gab. Endlich! Ich eilte zu dem kleinen quadratischen Tisch, auf dem Teller mit Nüssen, Plätzchen und Äpfeln standen. Für jeden von uns gab es einen »bunten Teller« und um jeden Teller lagen die eingepackten Geschenke für das jeweilige Familienmitglied. Was sich wohl in meinen Päckchen verbarg? War es womöglich etwas, das ich mir sehnlichst gewünscht hatte?

Damals wussten wir wirklich nicht, ob die Eltern unsere Weihnachtswünsche erfüllt hatten oder ob wir ein völlig anderes Geschenk bekommen würden. Die Bescherung war früher jedes Mal eine absolute Überraschung, im Gegensatz zu manchen Bescherungen heutzutage.

Ich wendetet mich also meinen Päckchen zu, entfernte mit zitternden Fingern das Geschenkpapier und – traute meinen Augen nicht! Mit dem Geschenk, das ich da gerade auspackte, hatte ich überhaupt nicht gerechnet!

Aber bevor ich verrate, um was es sich handelte, muss ich ein wenig ausholen: Bei uns in Wichlinghausen gab es einen kleinen Juwelier, der neben Schmuck auch Uhren führte. An diesem Geschäft ging ich häufig vorüber und warf einen Blick ins Schaufenster. Eines Tages hatte ich dort eine Uhr entdeckt, eine wunderschöne Armbanduhr. Von da an war ich oft mehrere Minuten vor dem Schaufenster stehengeblieben, um sie zu bewundern.

Wenn diese Uhr mir gehören würde, hatte ich gedacht, das wäre wunderbar! Meiner Mutter hatte ich von meiner Entdeckung erzählt und auf einem Spaziergang durch den Ort schließlich meine Uhr zeigen können. Doch kurze Zeit später – etwa eine Woche oder vierzehn Tage vor Weihnachten –, als ich wieder einmal an dem Juwelierladen vorbeigekommen war, war die Armbanduhr verschwunden. Ich hatte es nicht fassen können, dass »meine« Uhr nicht mehr bei den Auslagen im Schaufenster lag. Heulend war ich nach Hause gelaufen. »Mutter, die Uhr ist weg!«, hatte ich geweint und gedacht, die Welt ginge für mich unter. Selten war ich so traurig, so enttäuscht gewesen.

Und selten freute ich mich so sehr über ein Weihnachtsgeschenk wie über dieses, das ich gerade in den Händen hielt: die Armbanduhr! Meine Eltern hatten sie gekauft, für mich! Auf die Idee, dass die Eltern für die verschwundene Uhr im Schaufenster verantwortlich waren, war ich nicht gekommen. Umso glücklicher war ich in jenem Moment, als ich das Päckchen auspackte! Nun gehörte sie mir – meine erste Armbanduhr!

Wenn ich an Weihnachtsgeschenke und Überraschungen denke, kommt mir noch eine Begebenheit in den Sinn, ein kleines Dilemma, das meinem Vater einmal mit einem Geschenk passiert ist. Meinem Vater waren Überraschungsgeschenke immer sehr wichtig. Grundsätzlich fuhr er an einem Nachmittag vor Weihnachten alleine in die Stadt und besorgte für jeden von uns eine Überraschung – ein Buch, ein kleines Schmuckstück oder eine Karte für ein schönes Theaterstück. Keiner wusste, was Vater für die anderen gekauft hatte. Und jeder war gespannt, was unser Vater wohl von seinem Ausflug in die Stadt mitbringen würde.

Als ich etwas älter war – ich muss neunzehn oder zwanzig Jahre alt gewesen sein –, erlebte er dann seine Panne mit einem Geschenk, mit dem Geschenk für meine Mutter. Nachdem wir alle unsere Päckchen, die auf dem Gabentisch lagen, ausgepackt und gewürdigt hatten, ging Vater seine Überraschungen holen. Und auf einmal hörten wir einen lauten Aufschrei. Mein Vater kam zurück, in der Hand eine wunderschöne Vase. Und in der wunderschönen Vase befanden sich drei seltsam aussehende Schnittblumen – Weihnachtssterne, die sehr traurig ihre schwarzen Köpfe hängen ließen. Sie waren erfroren. Weihnachtssterne gab es damals nur als Schnittblumen zu kaufen, mein Vater hatte sie zum ersten Mal in Wuppertal erblickt und wollte meiner Mutter eine besondere Freude damit machen. Schließlich hatten diese Blumen ganz prächtig ausgesehen. Wer hätte ahnen können, dass sie keine Kälte vertragen würden? Mein Vater jedenfalls nicht, denn er hatte die Vase mit den Weihnachtssternen draußen versteckt und die Blumen aus Versehen – wider besseres Wissen! – erfrieren lassen. Immerhin konnte Vater meiner Mutter noch die Vase überreichen. Die war nicht eines Kältetodes gestorben und über die freute Mutter sich genauso.

Ich habe es sehr geschätzt, dass mein Vater uns Jahr für Jahr – bis kurz vor seinem Tod – mit seinen liebevoll ausgewählten Geschenken überraschte. Diese Überraschungen waren keine großen Sachen, aber sie machten uns immer große Freude.

Frau F. aus Wuppertal, Jahrgang 1938

Heiligabend in unserer Familie

An Heiligabend gab es bei uns immer Kartoffelsalat und Würstchen – ein Essen, das man gut vorbereiten konnte. Das war Tradition in unserer Familie. Zuerst aßen wir, dann fand die Bescherung statt. Vor einem Fenster in der Stube stand ein Tisch, dort war der Weihnachtsbaum aufgestellt worden. Die Mutter rief uns in die Stube, wir Kinder – meine Geschwister und ich – mussten uns an den Händen fassen und erst einmal singen. »Ihr Kinderlein kommet« sangen wir und »O du fröhliche« – die traditionellen Weihnachtslieder, die man damals schon kannte und sang.

Danach durften wir auspacken. Ja, und was gab's? – Alles, was wir gebrauchen konnten: eine Zibbelmütz, gestrickte Handschuhe, Socken oder einen Schal, manchmal auch ein Spiel wie »Mensch, ärgere dich nicht«. Egal, was wir bekamen, wir freuten uns immer über die Geschenke! Ich weiß noch, dass wir das Spielbrett von »Mensch, ärgere dich nicht« umdrehten und auf die Rückseite ein Mühlespiel zeichneten. Diese Idee hatten meine beiden Brüder gehabt.

Frau O. aus Lich, aufgewachsen in Lauter, Jahrgang 1930

Von Karpfen, Kurrendesängern und einer kaputten Puppe

Weihnachten – das war Sang und Klang bei uns. In unserer Familie wurde sowieso immer viel gesungen und musiziert, und die Weihnachtszeit bot sich zum Singen natürlich ganz besonders an. Während der Feiertage hatte ich außerdem Dienst in der Kirche, da ich zu den Kurrendesängern gehörte. Eine Aufgabe der Kurrende bestand nämlich darin, die Liturgie der Festgottesdienste mit weihnachtlichen Gesängen zu gestalten.

Daher verbrachte ich die Weihnachtsfeste meiner Kindheit fast ausschließlich in der Kirche. Am Nachmittag sangen wir als Kurrende bei der Christvesper, um Mitternacht bei der Christmette. In der Zwischenzeit hielt ich mich kurz zu Hause auf, und es fiel mir meist ziemlich schwer, mich abends wieder in die Kirche zu verabschieden. »Ich muss zur Christmette zum Singen!«, rief ich meiner Mutter zu. Manchmal begleiteten mich meine Mutter, meine Schwester oder Tante – und darüber war ich dann sehr froh.

Vorher hatten wir allerdings noch zu Abend gegessen. Weihnachten gab es bei uns Karpfen als Festessen. Karpfen mit Kartoffeln und Salat. Ich kann mich erinnern, dass der Herd immer stundenlang blockiert war, wenn meine Mutter den Fisch zubereitete. Sie musste einen riesigen Topf dafür benutzen – ein Karpfen ist ja gewaltig groß. Und ich weiß noch, dass das Karpfenessen für mich als Kind unheimlich lästig war. »Pass auf die Gräten auf!«, wurde ich ständig ermahnt. Also konnte ich mein Weihnachtsessen gar nicht richtig genießen, da ich bei jedem Bissen fürchtete, eine Gräte zu verschlucken.

Über die Weihnachtsgeschenke freute ich mich viel mehr als über das Weihnachtsessen. Ich erinnere mich, dass in der Adventszeit meiner frühen Kindheit plötzlich meine Puppe verschwunden war. An Weihnachten bekam ich sie dann zurück – und sie war neu eingekleidet! Ähnlich wie bei Nesthäkchen und ihrer Puppe Gerda. Bei mir war es die Ursula, eine Porzellanpuppe. Doch leider zerbrach Ursulas Kopf kurz darauf. Sie hatte ein großes Loch im Schädel und sah mit einem Mal ganz unheimlich aus. Ab diesem Zeitpunkt mochte ich keine Puppen mehr.

Ich »spezialisierte« mich dann auf Stofftiere und kriegte einen Teddybären zu Weihnachten geschenkt. Auch der wurde angezogen, mit schicken schwarzen Hosen und feinen Hemden. Mein Teddy musste immer und überall dabei sein. Als mein Vater einmal die Fensterkästen grün anstrich, musste der Teddy natürlich auch helfen und fiel dabei prompt in den Farbeimer – mit dem Gesicht voran. Von da an hatte er eine grüne Nase.

Frau Sch. aus Lich, aufgewachsen in Altenburg, Thüringen, Jahrgang 1932

Ein unerwartetes Weihnachtsgeschenk

Ich kann mich zwar nicht mehr an ein bestimmtes Weihnachtsfest erinnern – die Weihnachtsfeste meiner Kindheit habe ich eher allgemein in Erinnerung –, aber an die einzelnen Weihnachtsgeschenke erinnere ich mich sehr wohl. Die Geschenke spielten für mich als Kind die allergrößte Rolle. Weihnachten war das Fest, zu dem man etwas geschenkt bekam, was einem echte Freude machte. Früher war es nicht so, dass der Wunsch nach materiellen Dingen einen negativen Beigeschmack hatte, denn wir hatten ja nicht viel zum Spielen. Schon ein Federballspiel war ein großes Geschenk. Auch wenn ich ein Spielzeugauto bekam, dann bekam ich dies zu Weihnachten und nicht zwischendurch. Zwischendurch ein Geschenk oder ein Spielzeug zu bekommen, war die absolute Ausnahme. Das war der Grund, warum ich mich an Heiligabend so unbändig über die Geschenke – mein neues Spielzeug oder mein neues Buch – freute.

An ein Weihnachtsgeschenk habe ich eine ganz besondere Erinnerung. Ich muss damals zehn oder elf Jahre alt gewesen sein und las unheimlich gerne. Ich mochte Abenteuergeschichten, Wissensbücher und lustige Gedichte, insbesondere die von Wilhelm Busch. Die humoristischen Gedichte und Karikaturen von Wilhelm Busch liebte ich! Doch die Bücher von diesem Autor waren zu meiner Kinder- und Jugendzeit sehr teuer. Obwohl Busch bereits verstorben war, waren seine Texte und Zeichnungen noch nicht auf dem freien Markt – man musste die Rechte dafür mitbezahlen. Von meinem Taschengeld konnte ich mir solch ein Buch nicht leisten.

Aber weil meine Eltern eine Ahnung hatten, dass ich mich über ein Wilhelm-Busch-Album freuen würde, schenkten sie mir eines zu Weihnachten. Dieses Geschenk kam völlig unerwartet, niemals hätte ich mit so etwas Wertvollem gerechnet! Schließlich kostete das Album etwa fünfzig Mark, was richtig viel Geld war zur damaligen Zeit. Außerdem waren meine Eltern alles andere als reich.

Meine Freude über dieses Geschenk war grenzenlos. Ich liebte das Buch so sehr, dass ich mehrere Passagen daraus auswendig lernte – zum Beispiel das Gedicht über Balduin Bählamm, den verhinderten Dichter. Die anderen Gedichte las ich mir wieder und wieder durch und auch die Zeichnungen konnte ich stundenlang betrachten, ich habe sie habe heute noch vor meinem inneren Auge. Von dem Album habe ich mich bis zum heutigen Tag nicht getrennt, es hat einen festen Platz in meinem Bücherregal. So wertvoll war – und ist – es mir.

Herr V. aus Marienheide, geboren in Wuppertal, Jahrgang 1945

Ein ungewöhnliches Weihnachtsgeschenk

Wir waren eine große Familie, ich hatte neun Geschwister. Gemeinsam bewohnten wir ein Haus in Grünberg, in Mittelhessen. Außer den Schlafzimmern gab es in unserem Wohnhaus eine Küche, sowie ein Esszimmer und Wohnzimmer. Im Wohnzimmer stand ein schönes Sofa, das gesamte Zimmer war etwas hübscher gestaltet, und wir betraten es eigentlich nur ganz selten. Wir Kinder durften uns sowieso fast nie dort aufhalten. Aber an Weihnachten! Das Weihnachtsfest – oder vielmehr die Bescherung – spielte sich im Wohnzimmer ab. Dort befand sich ein großer Tisch, der an beiden Seiten auszuziehen war. Ideal also für unsere zwölfköpfige Familie. Und auf diesem langen Tisch waren dann die Geschenke aufgebaut worden. Jeder von uns hatte einen bestimmten Platz, an dem seine Päckchen lagen.

Früher – zu meiner Kinder- und Jugendzeit – hat man das geschenkt, was man brauchen konnte. Dazu fällt mir etwas Lustiges ein: Als ich Student war und in Weilburg lebte, bekam ich im dortigen Wohnheim von Zeit zu Zeit eine Rolle Toilettenpapier. Ich ging damit sehr sparsam um und hatte einmal eine Rolle übrig, die ich nicht benötigte. Da kam mir die Idee, sie meinem Vater zu Weihnachten zu schenken. Am ersten Feiertag überreichte ich ihm also feierlich das Toilettenpapier mit den Worten: »Ich hab mir's nicht vom Mund abgespart.« Er freute sich darüber – wer hätte das gedacht ... Und zu meiner Verteidigung sei gesagt: Man konnte es schließlich brauchen – das Toilettenpapier! Das war ja früher wichtig, darauf kam es doch an, oder?! Im Nachhinein mussten wir oft über dieses ungewöhnliche Weihnachtsgeschenk lachen.

Herr W. aus Lich, aufgewachsen in Grünberg, Jahrgang 1936

Weihnachtsfest in Thüringen

Am Nachmittag des Heiligen Abends besuchte ich mit meiner Familie immer zuerst den Gottesdienst. In dem kleinen thüringischen Dorf, in dem wir damals wohnten, gab es keine Kirche und daher mussten wir in den Nachbarort laufen – eine dreiviertel Stunde zu Fuß, durch die Kälte und den Schnee. Diesen weiten Weg zur Kirche habe ich als sehr mühsam in Erinnerung. Gegen sieben Uhr kamen wir zurück, oft völlig durchgefroren.

Nachdem wir uns ein wenig aufgewärmt hatten, fand die Bescherung statt. Vorher musste ich als ältere Tochter meinen Eltern allerdings noch ein Gedicht aufsagen – zum Beispiel »Weihnachten« von Eichendorff, erst dann wurde beschert. Auf die Geschenke freuten meine kleine Schwester und ich uns immer ganz besonders. Obwohl wir viel weniger bekamen als die Kinder heute – irgendetwas Selbstgebasteltes, Selbstgestricktes oder Genähtes, manchmal auch ein Buch oder ein Spiel –, waren wir mit den Geschenken zufrieden. Es war ja alles viel bescheidener zur damaligen Zeit. Und da wir ausschließlich zum Geburtstag und zu Weihnachten beschenkt wurden, niemals zwischendurch, spielten die Geschenke eine große Rolle für uns.

Nach der Bescherung aßen wir zu Abend, und alle Jahre wieder gab es Würstchen mit Kartoffelsalat. Ich kenne Heiligabend nur im Zusammenhang mit Kartoffelsalat. Den Salat hatte meine Mutter mit unserer Hilfe am Morgen schon zubereitet, mit dem hatten wir abends also keine Arbeit mehr, und die Würstchen brauchte die Mutter bloß warmzumachen. Ein schnelles, aber leckeres Essen! Wenn man aus der Kirche kam, wollte man ja nicht noch mit dem Kochen anfangen. Und nur Butterbrote zu essen – das wäre zu einfach gewesen.

Am ersten Feiertag tischte Mutter uns dann einen schönen Braten auf. Da wir in Thüringen lebten, gab es natürlich die Thüringer Klöße dazu. Diese Klöße, die heutzutage noch sehr bekannt sind, werden aus rohen Kartoffeln und einem kleinen Teil gekochten Kartoffeln gemacht. Man nennt sie auch »Grüne Klöße«, weil sie wegen der rohen Kartoffeln einen Hauch ins Grüne haben. Die Klöße werden mit gerösteten Semmelbröseln bestreut und anschließend mit dem Braten, einer feinen Soße – sehr wichtig! – und Rotkohl serviert. Fleisch war damals etwas richtig Besonderes und zusammen mit Grünen Klößen und Rotkohl das Festessen.

Den Braten hatte meine Mutter zwei Tage vor Weihnachten vorbereitet und die Soße dazu gekocht. Obwohl es früher keine Kühlschränke gab, hielt sich das Essen bis zum ersten Feiertag. Meine Mutter hatte es einfach draußen auf das Fensterbrett in die winterliche Kälte gestellt.

Nicht so einfach war es dagegen gewesen, das Fleisch für unser Festessen zu organisieren. Während des Krieges und in der Nachkriegszeit bekam man die Lebensmittel ja nur mit Bezugsscheinen. Auf diesen Lebensmittelkarten war vermerkt, was und wie viel man einkaufen durfte. Brot, Butter, Fett, Fleisch – alles war rationalisiert. Das Bratenfleisch hatte die Mutter drei Monate vor dem Weihnachtsfest beim Metzger vorbestellen müssen. Auf diese Weise ging sie sicher, den Braten auch wirklich am ersten Feiertag servieren zu können. Außerdem hatte sie mehrere Fleisch-Marken aufgehoben. Der Wert einer Marke betrug meistenteils bloß 250 Gramm und so musste man eine ganze Zeit lang sammeln, um die Marken für ein weihnachtliches Familienessen zusammenzubekommen.

Zum krönenden Abschluss gab es einen Nachtisch, ein leckeres Obstkompott. Zu Weihnachten wurde immer ein Glas Aprikosen, Kirschen, Erdbeeren oder Pfirsichen aufgemacht; Obst, das wir in den Sommermonaten gesammelt und eingekocht hatten. Da es früher weder Tiefkühltruhen noch Tiefkühlkost gab, wurde Obst und Gemüse in Gläsern eingekocht, um es haltbar zu machen. Solch ein Kompott-Glas holte meine Mutter also aus dem

Keller und verteilte den Inhalt gerecht auf alle Familienmitglieder.

Nachdem wir den restlichen Abend mit Gesellschaftsspielen verbracht hatten, begaben wir uns ins Bett. Glücklich schlief ich ein. Wieder war ein schönes Weihnachtsfest im Familienkreis zu Ende gegangen. Nun blieb mir nur, mich auf Weihnachten im nächsten Jahr zu freuen …

Frau H. aus Wuppertal, geboren in Dresden, Jahrgang 1932

JOSEPH VON EICHENDORFF

Weihnachten

Markt und Straßen stehn verlassen,
still erleuchtet jedes Haus,
sinnend geh' ich durch die Gassen,
alles sieht so festlich aus.

An den Fenstern haben Frauen
buntes Spielzeug fromm geschmückt,
tausend Kindlein stehn und schauen,
sind so wunderstill beglückt.

Und ich wandre aus den Mauern
bis hinaus in's freie Feld,
hehres Glänzen, heil'ges Schauern!
Wie so weit und still die Welt!

Sterne hoch die Kreise schlingen,
aus des Schnees Einsamkeit
steigt's wie wunderbares Singen –
o du gnadenreiche Zeit!

HERMANN HESSE

Unter dem Christbaum

Das Erlebnis, dessen ich mich heute erinnere, hat nicht einmal Minuten gedauert, nur Sekunden. Aber in den Sekunden des Erwachens und Sehendwerdens sieht man viel, und das Erinnern und Aufzeichnen braucht, wie bei Träumen, das Vielfache an Zeit als das Erleben selbst.

Es war in unserem Vaterhaus in Calw, und es war Weihnachtsabend im »schönes Zimmer«, die Kerzen brannten am hohen Baum, und wir hatten das zweite Lied gesungen. Der feierlichste und höchste Augenblick war schon vorüber, der war das Vorlesen des Evangeliums: Da stand unser Vater hoch aufgerichtet vor dem Baum, das kleine Testament in der Hand, und halb las er, halb sprach er auswen-

dig mit festlicher Betonung die Geschichte von Jesu Geburt: »Und es waren Hirten daselbst auf dem Felde bei den Hürden, die hüteten des Nachts ihre Herde ...« Dies war das Herz und der Kern unsres Christfestes: das Stehen um den Baum, die bewegte Stimme des Vaters, der Blick in die Ecke des Zimmers, wo auf halbrundem Tisch zwischen Felsen und Moos die Stadt Bethlehem aufgebaut war, die letzte freudige Spannung auf die Bescherung, auf die Geschenke, und bei alledem im Herzen der leise Widerstreit, der zu allen unsern Festen gehörte, der sie uns ein wenig verdarb und störte und sie zugleich erhöhte und steigerte: der Widerstreit zwischen Welt und Gottesreich, zwischen natürlicher Freude und frommer Freude. War es auch nicht so schlimm wie an Ostern, und war auch am Geburtsfest des Herrn Jesus ohne Zweifel Freude nicht nur erlaubt, sondern geboten, so war doch die Freude über Jesu Geburt im Stalle zu Bethlehem und die Freude am Baum und Kerzenlicht und am Duft der Lebkuchen und Zimmetsterne, und die drängende Spannung im Herzen, ob man wirklich das seit Wochen Gewünschte auf dem Gabentisch finden werde, eine wunderlich unreine Mischung. Indessen das war nun so, zu den Festen gehörte ebenso wie die Kerzen und die Lieder auch die leise Betretenheit und dieser sanftbange kleine Beigeschmack von schlechtem Gewissen. Wenn ein Geburtstag im

Hause gefeiert wurde, so begann die Feier stets mit dem Singen eines Liedes, das mit der zweifelnden Frage anhob:

Ist's auch eine Freude, Mensch geboren zu sein?

Nun, es war eine Freude, trotzdem, und als Kind hatte ich Jahr um Jahr über das Fragezeichen hinweggesungen und war überzeugt gewesen, dass das »Mensch geboren sein« wirklich eine Freude sei, zumal an Geburtstagen. Und so waren wir auch heut, an diesem Christabend, alle von Herzen fröhlich.

Das Evangelium war gesprochen, das zweite Lied war gesungen, ich hatte schon während des Singens die Tischdecke erspäht, wo meine Geschenke aufgebaut waren, und jetzt näherte sich jeder seinem Platze, die Mägde wurden von der Mutter an die ihren geführt. Es war im Zimmer schon warm geworden und die Luft ganz überfüllt vom Geflimmer der Kerzen, vom Wachs- und Harzgeruch und vom starken Duft des Backwerks. Die Mägde flüsterten aufgeregt miteinander und zeigten sich und betasteten ihre Sachen, eben hatte meine jüngere Schwester ihre Geschenke entdeckt und stieß einen lauten Jubelruf aus. Ich war damals entweder dreizehn oder vierzehn Jahre alt.

Ich hatte mich, wie wir alle, vom Christbaume weg und den Tischen zugewendet, wo die Geschenke lagen, ich hatte meinen Platz mit suchenden Augen entdeckt und strebte jetzt auf ihn zu. Dabei musste ich meinen kleinen Bruder Hans und ein niedriges Kinder-Spieltischchen umgehen, auf dem seine Bescherung aufgebaut worden war. Mit einem Blick streifte ich seine Geschenke, ihr Mittelpunkt und Prunkstück war ein Satz von winzig kleinem Tongeschirr; drollig liliputanische Tellerchen, Krügchen, Tässchen standen da beisammen, komisch und rührend in ihrer hübschen Kleinheit, jede Tasse war kleiner als ein Fingerhut. Über dieses tönerne Zwerggeschirr gebeugt, mit vorgestrecktem Kopf, stand mein kleiner Bruder, und im Vorbeigehen sah ich eine Sekunde lang sein Kindergesicht – er war fünf Jahre jünger als ich – und habe es in dem halben Jahrhundert, das seitdem vergangen ist, manche Male in Erinnerung so wiedergesehen, wie es mir in jener Sekunde sich offenbarte: ein still strahlendes, leicht zum Lächeln zusammengenommenes, von Glück und Freude ganz und gar verklärtes und verzaubertes Kindergesicht.

Dies war das ganze Erlebnis. Es war schon vorüber, als ich mit dem nächsten Schritt bei meinen Geschenken angekommen war und von ihnen in Anspruch genommen wurde, Geschenke, von denen ich heute keins mehr mir vorstellen und benennen kann, während ich Hansens Töpfchen noch in genauester Erinnerung habe. Im Herzen blieb das Bild bewahrt, bis heute, und im Herzen geschah alsbald, kaum dass mein Auge das Brudergesicht wahrgenommen hatte, eine mannigfaltige Bewegung und Erschütterung. Die erste Regung im Herzen war die einer starken Zärtlichkeit gegen den kleinen Hans, gemischt jedoch mit einem Gefühl von Abstand und Überlegenheit, denn hübsch und entzückend zwar, aber kindisch erschien mir solche Verklärtheit und Beseligung über diesen kleinen tönernen Kram, den man beim Hafner für ein paar Groschen haben konnte. Indessen widersprach schon die nächste Zuckung des Herzens wieder: sofort nämlich, oder eigentlich schon gleichzeitig empfand ich meine Verachtung für diese Krügelchen und Tässchen als etwas Schmähliches, ja Gemeines, und noch schmählicher war mein Gefühl von Klügersein und von Überlegenheit über den Kleineren, der sich noch so bis zur Entrücktheit zu freuen vermochte und für den die Weihnacht, die Tässchen und das alles noch den vollen Zauberglanz und die Heiligkeit hatten, die sie einst auch für mich gehabt hatten.

Das war der Kern und Sinn dieses Erlebnisses, das Aufweckende und Erschreckende: Es gab den Begriff »Einst« für mich! Hans war ein Kind, ich aber wusste plötzlich, dass ich keines mehr sei und nie mehr sein würde! Hans erlebte sein Gabentischchen wie ein Paradies, und ich war nicht nur solchen Glückes nicht mehr fähig, sondern ich fühlte mich ihm mit Stolz entwachsen, mit Stolz und doch auch beinah mit Neid. Ich blickte zu meinem Bruder, der eben noch meinesgleichen gewesen war, aus einer Distanz hinüber, von oben und kritisch, und fühlte zugleich Scham darüber, dass ich ihn und sein Tongeschirr so hatte betrachten können, so zwischen Mitleid und Verachtung, so zwischen Überheblichkeit und Neid. Ein Augenblick hatte diese Distanz geschaffen, hatte diese tiefe Kluft aufgerissen. Ich sah und wusste plötzlich: Ich war kein Kind mehr, ich war älter und klüger als Hans, und war auch böser und kälter.

Es war an jenem Christabend nichts geschehen, als dass ein kleines Stück Wachstum in mir drängte und Unbehagen schuf, dass im Prozess meiner Ichwerdung einer von tausend Ringen sich schloss – aber er tat es nicht, wie fast alle, im Dunkeln, ich war einen Augenblick wach und mit Bewusstsein dabei, und ich wusste zwar nicht, konnte es aber am Widerstreit meiner Empfindungen deutlich spüren, dass es kein Wachstum gibt, das nicht ein Sterben enthält. Es fiel in jenem Augenblick ein Blatt vom Baum, es welkte eine Schuppe von mir ab. Dies geschieht in jeder Stunde unseres Lebens, es ist des Werdens und Welkens kein Ende, aber nur sehr selten sind wir wach und achten einen Augenblick auf das, was in uns vorgeht. Seit der Sekunde, in der ich das Entzücken im Gesicht meines Bruders gesehen, wusste ich über mich und über das Leben eine

Menge Dinge, die ich beim Eintritt in dies festlich duftende Zimmer und beim Mitsingen des Weihnachtsliedes noch nicht gewusst hatte. […]

JOSEPH MOHR

Stille Nacht, heilige Nacht!

Stille Nacht, heilige Nacht!
Alles schläft, einsam wacht
nur das traute, hochheilige Paar.
Holder Knabe im lockigen Haar,
schlaf in himmlischer Ruh,
schlaf in himmlischer Ruh.

Stille Nacht, heilige Nacht!
Gottes Sohn, o wie lacht
lieb aus deinem göttlichen Mund,
da uns schlägt die rettende Stund,
Christ, in deiner Geburt,
Christ, in deiner Geburt.

Stille Nacht, heilige Nacht!
Hirten erst kundgemacht,
durch der Engel Halleluja.
Tönt es laut von fern und nah:
Christ, der Retter ist da,
Christ, der Retter ist da!

HANS FALLADA

Familienbräuche

[…] Unter all diesen Vorbereitungen nahte das Fest. Am 24. Dezember stand Vater ungewohnt früh auf und zog sich mit Mutter ins Weihnachtszimmer, wie nun sein Arbeitszimmer hieß, zurück. Über Weihnachten ruhte alle Arbeit bei ihm. Da wollte er seine Familie ganz für sich haben. Für alle Fälle versuchten wir die Schlüssellöcher, trotzdem wir Vaters Vorsicht kannten: Er verhängte sie immer zuerst. Geheimnisvoll verdeckte Gegenstände wurden durch die Wohnung getragen. Alle lächelten, sogar die meist brummige Minna.

Der Vormittag ging für uns Kinder noch so einigermaßen hin. Meist waren wir mit unsern Geschenken für Eltern und Geschwister noch nicht fertig. Mit Eifer wurde laubgesägt, kerbgeschnitzt, spruchgebrannt, gehäkelt und gestickt, und was es da alles sonst noch für Beschäftigungen gab, durch die man in damaligen Zeiten die Wohnungen immer mehr mit Scheuel und Greuel anfüllte.

Zum Mittagessen gab es immer Rindfleisch mit Brühkartoffeln. Mutter vertrat den Standpunkt, dass wir uns noch früh genug den Magen verderben würden und vorher nicht einfach genug essen könnten. Nach dem Essen aber stieg unsere Spannung so sehr, dass wir eine Pest wurden, aus lauter Kribbeligkeit und Erwartung brachen ständig Streitigkeiten zwischen uns aus. Schließlich jagte uns Vater auf die Straße mit dem Machtwort, nicht vor sechs Uhr nach Haus zu kommen, eher fange die Bescherung doch nicht an.

Meist trennten wir vier Geschwister uns sofort, wenn wir auf die Straße kamen. Die Schwestern gingen für sich, und ich machte mich mit Ede auf, um die schon hundertmal besichtigten Schaufenster der Spielwarenläden noch einmal anzusehen. Da stellten wir dann fest, was mittlerweile aus den Schaufenstern genommen war, und machten Pläne für das, was wir uns zum nächsten Weihnachtsfest wünschen wollten. Aber die Zeit wurde uns sehr lang, es schien überhaupt nicht dunkel werden zu wollen, und sonst kam die Dämmerung immer so schnell!

Wir gingen und gingen, aber die Zeit verging nicht.

Dann kamen wir auf das Spiel, auf den Granitplatten des Bürgersteigs so zu gehen, dass nie auf eine Ritze getreten wurde. Auch durfte man auf jeden Stein nur einmal treten. Gelang es, so bis zur nächsten Straßenecke zu kommen, so wurde ein Lieblingswunsch erfüllt. Dies war also unser Orakel, und es war gar nicht so leicht! Denn manche Steine waren für unsere Kinderbeine sehr breit, auch verlangten entgegenkommende Erwachsene, dass wir ihnen den Weg frei machten, und neben den Granitplatten lag Kleinpflaster – dann ade, Lieblingswunsch!

Schließlich war es doch dämmrig geworden. Wir warteten so lange, bis in irgendeinem Fenster der erste Baum brannte, dann stürzten wir nach Haus mit dem Geschrei: »Die Weihnachtsbäume brennen schon überall! Warum geht's denn bei uns noch nicht los?«

Meist waren die Schwestern kurz vor uns eingetroffen oder kamen gleich hinterher, und meist waren die Eltern dann auch so weit, und wir brauchten nicht länger am Spieße zappeln, wie Vater das nannte. [...]

Für die letzte Viertelstunde scheuchte Vater auch noch Mutter aus dem Weihnachtszimmer. Er baute ihr noch rasch seine Geschenke auf, auch war es sein eifersüchtig verteidigtes Vorrecht, die Lichter am Baum zu entzünden. In fliegender Hast warf Mutter sich in Gala, wobei sie noch uns auf Sauberkeit und Ordnung prüfte.

Nun versammelten wir uns schon alle erwartungsvoll auf dem Flur, die Herzen schlugen schneller, die Hoffnungen wurden immer ausschweifender. Ich ertappe mich dabei, dass ich vor lauter Aufregung die Fäuste fest geballt habe und immerzu vor mich hin flüstere: »Au Backe! Au Backe! Au

Backe!« Auch Edes Lippen bewegen sich stumm, ich weiß schon, er sagt sich noch einmal das Weihnachtsgedicht auf, das er gleich wird deklamieren müssen … Nun, in diesem spannendsten Moment, werde ich von der Mutter in die Küche geschickt, um die alte Minna zur Eile anzutreiben. Christa ist längst hier …

Minna ist noch beim Haarmachen. Ihr dunkles spärliches Haar steht in lauter kurzen Mäuseschwänzchen steil vom Kopfe ab. Jedes Schwänzchen wird sorgfältig mit Ochsenpfotenfett, einer Stangenpomade, eingerieben. Ich flehe Minna an, sich zu beeilen, obwohl ich aus Erfahrung weiß, dass jedes Hetzen bei Minna nur die Wirkung hat, sie noch zu verlangsamen, und kehre zu Mutter zurück, um ihr Bericht zu erstatten. Mutter entscheidet, dass wir auf Minna warten müssen. Aus dem Bescherungszimmer klingt eine raue Stimme: »Seid ihr auch alle artig?«

Wir brüllen begeistert: »Ja!«

Die Stimme fragt weiter: »Habt ihr euch auch alle die Zähne geputzt?«

Wir brüllen ebenso begeistert: »Nein!«

Und die Stimme fragt zum dritten Male: »Seid ihr denn auch alle fertig?«

Wir brüllen eiligst wieder ein »Ja!«, aber Mutter fügt hastig hinzu: »Wir müssen noch auf Minna warten!«

»Na, denn wartet man!«, ruft die Stimme, und hinter der Tür wird es wieder still.

Aber ein Geruch von brennenden Kerzen und Tannennadeln hat sich doch auf dem Flur verbreitet. Unsere Aufregung kann nun nicht mehr höher steigen. Ich tanze auf einem Bein wie ein Irrwisch umher, Ede sieht bleich vor Aufregung aus. Plötzlich geht er, fast finster vor Entschlossenheit, auf Christa zu, nimmt ihre Hand und küsst sie!

Christa wird puterrot und reißt ihm die Hand fort. Wir andern brechen in ein verblüfftes Lachen aus.

»Warum hast du das denn bloß gemacht, Ede?«, ruft Mutter verwundert.

»Nur so!«, antwortet er ohne alle Verlegenheit. »Irgendetwas muss man doch tun, und mir war grade so! Man wird ja verrückt vor lauter Warten!«

Nach diesen abgerissen hervorgestoßenen Sätzchen stellt er sich neben mich und haut mich mit der geballten Faust auf den Bizeps. Alle Vorbedingungen für die schönste Keilerei sind gegeben, aber …

Aber da erscheint endlich Minna! Ich finde, ihr glatt an den Schädel geschmiertes Haar sieht nicht anders aus als sonst, darum hätte sie uns wirklich nicht so lange warten lassen müssen!

Mutter ruft: »Vater, wir sind so weit!«, und fast augenblicklich ertönt das silberne Bimmeln eines kleinen Glöckchens. Sofort nehmen wir Aufstellung, und zwar ist nach dem Alter anzutreten, was auch genau der Größe entspricht. Wir stehen hintereinander wie die Orgelpfeifen, nur die zu kurz geratene Minna zwischen Christa und der Mutter stört …

Die Tür zum Bescherungszimmer fliegt auf, eine strahlende Helligkeit begrüßt uns. Geführt von Ede, rücken wir im Gänsemarsch ein. Vater, am Flügel sitzend, sieht uns mit einem glücklichen Lächeln entgegen.

Nach geheiligtem Gesetz dürfen wir weder rechts noch links schauen, wir haben schnurstracks auf den Baum loszumarschieren und vor ihm Aufstellung zu nehmen, nach dem Satz: Erst kommt die Pflicht, dann das Vergnügen. Die Pflichterfüllung aber besteht darin, dass Vater nach einem kurzen Vorspiel das Lied »Stille Nacht, heilige Nacht« spielt, nun setzen wir ein, und es wird gesungen. Das heißt, wir sind natürlich nicht wir, ich brumme nur so mit, und auch das gebe ich gleich wieder auf: Die klettern ja auf alle Gipfel!

Unterdes mustere ich den Baum. Jawohl, es ist doch wieder ein Weihnachtsbaum geworden, wie er sein soll, vom Fußboden bis zur Decke. Der Baum trägt all den bunten Schmuck, den wir seit unsern frühesten Kindertagen kennen, Gold und Silber, bunte Papierketten, allerlei geometrische Figuren in Rhombengestalt, Vielecke, bei denen jede Seite anders bunt ist, Erzeugnisse unserer Pappklebereien an langen Winterabenden. Dazu uralter wächserner Schmuck noch aus Vaters Elternhaus, zart bemalte Engelchen und vor allem ein Kanarienvogel in grünem Ring, den Mutter jedes Jahr von neuem verbannt wissen will, denn es fehlt ihm die ganze Hinterfront. Aber Vater besteht mit uns Kindern auf seiner Anwesenheit, er gehört zu unsern Weihnachten. Dazu aber trägt der Baum in Fülle bunte Zuckerringe und Brezeln, schwarze Schokoladenfiguren, vergoldete Nüsse. Siehe da, nichts ist vergessen, auch die traditionellen Knallbonbons entdecke ich, mit denen wir bei der Baumplünderung Silvesterabend das neue Jahr einschießen werden!

Der Gesang ist beendet. Vater tritt in unsern Kreis und sagt ermunternd: »Nun los, Ede, nur Mut!«

Und Ede fängt nach kurzem Räuspern an, sein Weihnachtsgedicht aufzusagen. Es dauert nicht lange, und nun bin ich daran. Mein Teil ist die Weihnachtsgeschichte: »Es begab sich aber zu der Zeit, dass ein Gebot von dem Kaiser Augustus ausging, dass alle Welt geschätzet würde …« Ich weiß eigentlich gar nicht, wieso grade ich immer dazu kam, an der Weihnachtsgeschichte klebenzubleiben, die andern hatten es mit ihren kürzeren Verschen viel bequemer. Die Annahme, dass meine Eltern schon damals erkannt hatten, ich eigne mich mehr für Prosa als für Lyrik, scheint mir doch etwas gewagt.

Ich erledige meine Geschichte glatt, und nun sind die Schwestern dran. Gottlob gibt es auch bei ihnen keine Schwierigkeiten. Einmal nämlich war Fiete zu faul gewesen, ein Weihnachtsgedicht zu lernen, und hatte einfach das letzte in der Schule gelernte Gedicht als Ersatz geliefert. Es war das schöne Bürger'sche »Leonore fuhr ums Morgenrot«, worunter ich mir damals Leonore auf dem Wagen des Sonnengottes um das Morgenrot herumfahrend dachte. Aber so schön dies Gedicht auch sein mochte, es hatte einige Erregung, Tränen, Verzögerung der Bescherung gegeben … Gottlob war Heiliger Abend, an dem alles verziehen und vergeben wird!

Während die Schwestern aufsagen, schiele ich doch schon nach den Tischen. Ich möchte doch wenigstens sehen, wo mein Tisch steht, damit ich ihn nachher gleich finde. Im vorigen Jahr stand er beim Ofen. Aber beim ersten Umherschauen blendet mich eine solche Fülle von weißen Tischtüchern, Kerzchen, Bücherreihen, bunt lackiertem Zeug auf jedem Tisch, dass ich überhaupt keine Einzelheiten sehe. Und schon ist Vater hinter mir, dreht meinen Kopf wieder zum Baum und flüstert: »Willst du wohl mal nicht schielen! Alle Geschenke fliegen fort, wenn du schielst!«

Das glaube ich nun freilich nicht mehr, aber es schien mir doch weise, Vaters Aufforderung zu folgen.

Gottlob ist Itzenplitz jetzt endlich auch fertig. Was hat sie eigentlich aufgesagt? Ich habe kein Wort gehört! Nun gehen wir bei allen umher, allen wünschen wir ein fröhliches Weihnachtsfest, von den Eltern bekommen wir einen Kuss, und nun ertönt endlich, endlich, der Ruf: »Und jetzt sucht sich jeder seinen Tisch!«

Einen Augenblick Verwirrung, Durcheinanderlaufen – und Stille! Tiefe Stille!

Jeder steht fast atemlos vor seinem Tisch. Noch wird nichts angefasst, nur angeschaut. Also, da ist er nun wirklich, der langersehnte Anker-Brückenbaukasten. Endlich werde ich Cäsar seine Brücke über den Rhein schlagen lassen können. Und da steht Hagenbecks »Leben mit meinen Tieren«. Und daneben, wahrhaftig! ein Nansen, mein erster Nansen! Gott, ich werde zu lesen haben in diesen Weihnachtstagen … Und da, in runden Holzschachteln, römische Legionen, Germanen und wirklich auch griechische Streitwagen! Ich werde eine Schlacht schlagen können –! Ich atme tief auf! Gott, ist das alles schön! Sie sind alle so gut zu mir, und ich bin oft so ruppig! Aber von jetzt an wird alles ganz anders werden, ich will ihnen nur noch Freude machen!

Und aufgeregt fange ich an, die Bleisoldaten Schicht für Schicht aus den Schachteln zu nehmen …

Die Stille im Bescherungszimmer ist einem freudigen Lärm gewichen, überall wird gezeigt, gerufen … Schon wird hin und her gelaufen, die Schwestern haben einen ersten Überblick gewonnen und sind nun neugierig … Vater und Mutter lassen sich bald an diesem, bald an jenem Tisch sehen. Mutter besteht darauf, dass wir auch das »Nützliche« würdigen: neue Unterhosen oder einen Anzug. Aber das Nützliche ist uns egal, Unterhosen hätten wir sowieso haben müssen. Unterhosen sind nicht Weihnachten, aber Bleisoldaten sind es! Ein bunter Teller ist es, der überquillt von Süßigkeiten. Mit scharfem Blick mustere ich die Anzahl der Apfelsinen und Mandarinen auf dem Teller. Es sind beruhigend wenig, die Hauptsache besteht aus guter solider Leckerei zum Magenverderben. Und als Reserve ist da immer noch der Weihnachtsbaum mit seinem Behang. Es ist zwar verboten, an seine Süßigkeiten vor Silvester, vor der Plünderung zu gehen, aber jedes Stück kennt Vater doch nicht, und in der Weihnachtszeit sind alle Verbote gelockert.

Das Ergebnis war regelmäßig, da die Geschwister ebenso dachten, dass am Silvesterabend die Vorderseite des Baums einen freilich nur spärlichen Paradebehang aufwies. Die Rückseite aber war ratzekahl. Worüber sich Vater ebenso regelmäßig ärgerte, aber nur mäßig, nur weihnachtlich.

Wenn wir fertig beschert und ausgepackt hatten, ging es zum Essen. Wir Kinder freilich folgten an diesem Abend nur ungern dem Ruf zu Tisch, wir hätten viel lieber weiter mit unsern Spielsachen gespielt und unsern Hunger von den bunten Tellern gestillt.

Aber das wurde natürlich nicht geduldet. In weiser Voraussicht gab es am Heiligen Abend stets Heringssalat, Mutter meinte, vor so viel Süßigkeiten sei etwas Saures das Beste! Schließlich aßen wir doch alle mit gesundem Appetit von den vielen schönen Sachen, und die Begeisterung schlug hohe Wellen. Immerzu wurde davon gesprochen, was jeder von seinen Geschenken besonders mochte, ein Kind ließ kaum das andere zu Wort kommen, jedes wollte den Eltern etwas von seiner Freude erzählen.

Dann kam noch der lange Abend, an dem wir bis zehn aufbleiben durften. Während wir uns mit unsern Sachen abgaben – Itzenplitz las natürlich schon, als müsse sie ihre sämtlichen Bücher noch an diesem Weihnachtsabend durchrasen –, saß Vater am Flügel und spielte einiges von den neuen Noten durch, die Mutter ihm geschenkt hatte. Mutter aber erschien nur zu kurzen Besuchen im Bescherungszimmer, denn in der Küche wurde noch gewaltig gearbeitet. Die weihnachtliche Gans für den nächsten Tag wurde vorbereitet und überhaupt so viel wie möglich vorgekocht, denn die Mädchen sollten es in den beiden nächsten Tagen auch leichter haben.

Dann ging es ins Bett. Bücher mitzunehmen war verboten, aber irgendein besonders geliebtes Spielzeug durfte sich jedes auf den Stuhl vor seinem Bett stellen. Und dann das Erwachen am nächsten Morgen. Dies Gefühl, aufzuwachen und zu wissen: Heute ist wirklich Weihnachten. Wovon wir seit einem Vierteljahr geredet, auf was wir so lange schon gehofft hatten, nun war es wirklich da!

»Die Geburt Jesu in Bethlehem ist keine einmalige Geschichte, sondern ein Geschenk, das ewig bleibt.«

MARTIN LUTHER

Quellenverzeichnis

Hans Fallada, Familienbräuche, in: ders., Weihnachtsmann – was nun? Geschichten zum Fest. © Aufbau Verlag GmbH & Co. KG, Berlin 2014, S. 11–35.

Hans Fallada, Weihnachts-Schlachte-Gruß, in: ders., Weihnachtsmann – was nun? Geschichten zum Fest. © Aufbau Verlag GmbH & Co. KG, Berlin 2014, S. 104–107.

Friedrich Göhrs, Der Kriegsweihnachtsmann, in: Jürgen Kleindienst (Hg.), Unvergessene Weihnachten, Erinnerungen aus guten und aus schlechten Zeiten, Band 1. © Zeitgut Verlag GmbH, Berlin 2004, S. 56–58.

Hermann Hesse, In Weihnachtszeiten. Betrachtungen, Gedichte und Aquarelle des Verfassers. Ausgewählt von Volker Michels. © Suhrkamp Verlag, Frankfurt am Main 2001.

Astrid Lindgren, Ein Weihnachten in Småland vor langer Zeit, in: Angelika Kutsch (Hg.), Weihnachten, als ich klein war. © Verlag Friedrich Oetinger, Hamburg 1996, S. 8–16.

Amei-Angelika Müller, Adventliche Gesänge, in: dies., Pfarrers Kinder, Müllers Vieh. © Deutscher Taschenbuch Verlag GmbH & Co. KG, München 1987, S. 142–143.

Amei-Angelika Müller, Flötentöne, in: dies., Pfarrers Kinder, Müllers Vieh. © Deutscher Taschenbuch Verlag GmbH & Co. KG, München 1987, S. 235–237.

Eckhard Müller, Später Besuch, in: Jürgen Kleindienst (Hg.), Unvergessene Weihnachten, Erinnerungen aus guten und aus schlechten Zeiten, Band 1. © Zeitgut Verlag GmbH, Berlin 2004, S. 77–80.

Otfried Preußler, Die Grulicher Weihnachtskrippe, in: Angelika Kutsch (Hg.), Weihnachten, als ich klein war. © Verlag Friedrich Oetinger, Hamburg 1996, S. 17–22.

Helmut Schmidt, Über Weihnachten, in: ders. / Giovanni di Lorenzo, Auf eine Zigarette mit Helmut Schmidt. © Verlag Kiepenheuer & Witsch, Köln 2017, S. 269–270.

Loki Schmidt, Über Weihnachten, in: dies. / Reiner Lehberger, Auf einen Kaffee mit Loki Schmidt. © Wilhelm Goldmann Verlag, München 2012, S. 135–137.

Kurt Schwitters, Nikolaus, in: Evelyne Polt-Heinzl und Christine Schmidjell (Hg.), Alles sieht so festlich aus, Gedichte und Geschichten zur Weihnacht. © Philipp Reclam jun. GmbH & Co. KG, Ditzingen 2005, S. 12–14.